とにもかくにもごはん

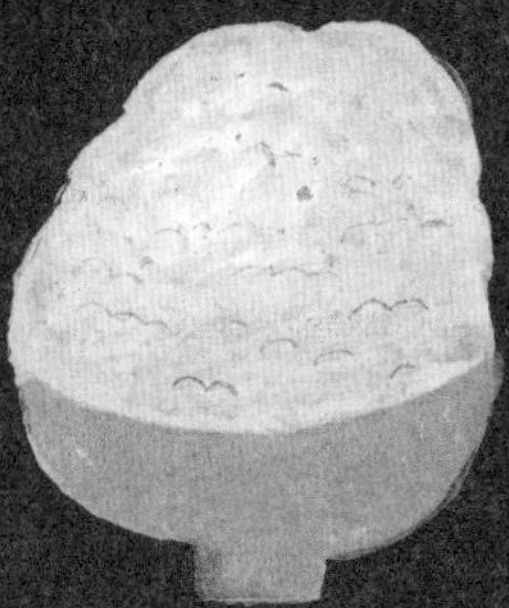

Onodera Fuminori
小野寺史宜

講談社

CONTENTS

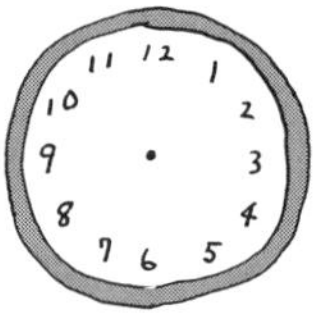

装画　柿本芳枝
装幀　アルビレオ

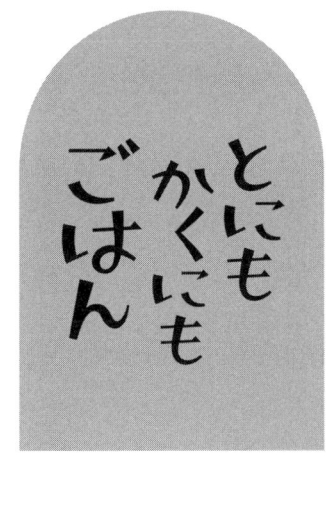

とにもかくにもごはん

午後四時

こんにちは

松《まつ》井《い》波《なみ》子《こ》

「こんにちは」とわたしが言い、

「おはようございます」と木戸凪穂《きどなぎほ》ちゃんが言う。

こんにちはへの返事が、おはようございます。おかしいが、わかる。学生時代に居酒屋でアルバイトをしていたときはわたしもそう言っていた。出勤の際は、午後五時でも、おはようございます。飲食店の多くがそうだろう。そのほうがしっくりくる。

ただ、今のこれは出勤ではない。労働への対価が支払われる仕事ではない。無償。ボランティア。だからこそわたしも、こんにちはをつかうのだ。この場合だと、それでもおかしくない。

凪穂ちゃんは二十一歳、大学三年生。だったら木戸さんと呼ぶべきかもしれないが、そこは凪穂ちゃんにしている。硬いことは言いっこなし。子どもたちの前で呼ぶなら、木戸さんより凪穂ちゃんのほうがいい。周りの大人が凪穂ちゃんと呼んでいれば、子どもたちもそう呼んでくれる。

「凪穂ちゃん、授業はだいじょうぶ?」

「今日はもう」

「テストのときは休んでくれていいからね」

「ありがとうございます」

「できる範囲でお願い」

「はい。波子さんにそう言ってもらえるとたすかります」

凪穂ちゃんが通う大学はこの近くにある。距離にして二キロぐらい。だから自転車で行き、学内にボランティア募集のチラシを掲示させてもらった。内容はチェックされるが、ごく一般的なボランティアであれば許可はされる。

ホームページでも、ボランティア募集の告知はしている。それも効果はある。でも学生ボランティアがほしいなら、大学に行くほうが早い。チラシを見て、おっと思ってくれれば、ホームページも見てくれる。

おかげで、その大学からは二人が来てくれた。凪穂ちゃんと白岩鈴彦《しらいわすずひこ》くん。同学年だが、友人ではない。別々に応募してきてくれた。ここで知り合った形だ。

今日、皆で集まったのは午後二時。授業があった凪穂ちゃんは二時間遅れでの参加。それ以外の四人でスタートした。人数はこれでぎりぎり。もう一人抜けるとキツい。あと二人はボランティアスタッフがほしい。

午後二時。まずはミーティングから始めた。前回みたいなことにならないよう気をつけましょう、と四人で確認し合った。

前回というのは二週間前。その終了直後にも簡単な反省会をしていたが、時間が経てば忘れもする。だからあらためて確認した。スタッフの意識を統一するためにも。

前回。利用者の三谷海勇《みたにかいゆう》くんと広橋冬真《ひろはしふゆま》くんのあいだにちょっとしたいざこざがあった。手を出すケンカにはならなかったが、直前まではいった。男の子たちはそこまで一気にいってしまうのだ。わたしたちがちょっと目を離したすきに。

二人は同じテーブル席に並んで座り、ごはんを食べていた。海勇くんが声をかけ、冬真くんが応《こた》える。そんな具合に時折話してもいた。だからだいじょうぶだと思っていたら、いきなり海勇くんの怒鳴り声が聞こえてきた。近くにいた凪穂ちゃんは驚きのあまり固まっていたので、すぐにわたしが寄っていき、二人を分けた。

どちらからも話を聞いた。そうなったことに大した理由はなかった。まさに子どものケンカ。海勇くんが何度も質問したのに冬真くんが答えなかった。そんなようなことらしい。だったら問題はない。長引かせはしなかった。ことを大きくする必要はないのだ。

が、迎えに来た冬真くんのお母さんには、あったことを伝えた。わたしが何も言わず、あとで冬真くんが言ってしまったら、印象はよくない。もう冬真を行かせたくない、とお母さんが思ってしまうかもしれない。そうなるのは避けたかった。

海勇くんのお母さんには伝えられなかった。海勇くんはいつも一人で来る。お母さんが一緒に来たことはないのだ。

海勇くんからお母さんの電話番号は聞いている。迷ったが、電話はかけなかった。これは本当に迷った。海勇くんが怒鳴られた側だったら、かけていただろう。でも海勇くんは怒鳴った側。それで電話をかけたらこちらからのクレームととられるかもしれない。そう判断し、とどまった。

皆にも訊《き》いてみた。五人のスタッフのなかでも意見は割れた。海勇くんのお母さんに電話するべき、が最年長の久恵《ひさえ》さんと最年少の凪穂ちゃん。しなくていい、がわたしと多衣《たい》さんと鈴彦くん。二対三。電話はしなかった。

その代わり、先のミーティングでわたしは明言した。今後子どもがほかの子に手を上げたときは必ずどちらの保護者にも電話をします、と。

「前回ああなったのは、いい意味で子どもたちの緊張がほぐれたからだと考えましょう。海勇くんと冬真くんがここを自分の居場所と認識してくれたからだと。子どもたちだって、緊張してたらああはなりませんよ。第一回のときは、わたしたち自身が緊張してましたよね。それが伝わったのか、子どもたちも緊張してました。だから何も起こりはしなかったけど、逆に言うと、そんなに楽しい雰囲気でもなかった。あのときにくらべればわたしたちにも多少は余裕が出て子どもたちも寛《くつろ》げるようになったから、あんなことが起きたんですよ」

「わたしはまだ余裕なんてないわ」と最年長の石上《いしがみ》久恵さんが言った。

「それはわたしも同じです。あくまでも、多少はです。回を重ねれば慣れていきますよ。慣れきっていろいろなことをなあなあにしちゃいけないけど、余裕を持つのは大事だと思います。子どもたちを監視するんじゃなく、観察しましょう。監視されてると感じたら、子どもたちは楽しくなくなっちゃう。楽しくなくなったら、せっかくのごはんもおいしくなくなっちゃいますから」

「一応、確認ですけど」とこれは辻口《つじぐち》多衣さん。「子どもたちが手を上げてしまったら叱《しか》るということで、いいんですよね？」

「はい。そのときはちゃんと叱りましょう。どんな理由があっても、手を出すのはやっぱりダメですから。それは他人であるわたしたちがしてもいい、というかしなきゃいけないことだと思います。ただし、その前でどうにか止める努力もする。あいだに入って双方の話を聞く。頭ごなしにダメと言うんじゃなくて、何故そうなったかを聞く。そういうことでいきましょう」

「今日も来てほしいですね。二人」と鈴彦くんが言った。

「ほんと、そう」とわたしも同意した。「海勇くんも冬真くんも来てほしい」

ミーティングで話したそれらのことを、遅れて来た凪穂ちゃんにも伝えた。

「わかりました」と凪穂ちゃんはすんなり言った。「もしそうなったら叱ります。無理だと思ったらすぐに波子さんを呼びます」

「そうして。わたしも注意深く見るようにはするから」

と、そんなふうに言っておけば、凪穂ちゃんはきちんとそのとおりにやってくれる。これまでの四回で、そういうこともわかってきた。自分から動くことはないが、言ったことはやってくれるのだ。今どきの子だなぁ、と思う。いや、そんな言い方はよくない。自分だって若いころは、今どきの子だったはずだから。

午後四時すぎという今の段階で、すでに調理は終了。開店一時間前には終える、との目標をまずは達成できた。これは早すぎてもダメなのだ。調理の衛生条件の一つに直前加熱がある。だから再加熱が簡単なおみそ汁やごはんを先につくり、焼きものやサラダはあとでつくる。

気持ちの余裕がないからこそ、時間の余裕は大事。バタバタしないこと。自分たちで自分たちを追いこまないこと。だいじょうぶ。今のところできている。余裕、余裕。そう自分に言い聞かせる。

クロード子ども食堂。それがここの名前。子ども食堂クロード、と迷ってこちらにした。音的にきれいかな、と思って。あるのはごく普通の町。一戸建てにアパートやそう大きくないマンションが交ざる住宅地だ。

何年か前に、政府が貧困率を発表した。貧困率というのは、所得が国民の平均値の半分に満たない人の割合。ざっくり言うと、一般的な人の半分以下しか収入がない人の割合だ。

それによって、子どもの六人に一人が貧困状態にあることが広く知られるようになった。衝撃的な数字だ。学校の一クラスが三十人だとすれば、五人はそういう子がいるということだから。目に見えないだけ。現実はそう。満足にごはんを食べられていない子どもたちが、そんなにもいる。

できることがあるならしたい、と多くの人たちが思った。そして子ども食堂が生まれた。子どもに温かいごはんを提供する。そこから始まり、今は子ども食堂をベースに、子育て支援や学習支援をする人たちもいる。

個人レベルでやることだから、毎日はできない。それでもたすけにはなる。わたしも親だからわかる。晩ごはんを用意しなくていい一日。それは本当にありがたいものなのだ。

子ども食堂に明確な定義やルールはない。子ども食堂としてどこかに届出が必要ということもない。場所にも決まりはない。公民館に集会所に寺院に教会に個人宅。高齢者の施設を夕方から借りたり、飲食店の店舗を定休日に借りたりするケースもある。

結局、普通の人たちが始められることが大事なのだ。経済的にも時間的にも、無理をすると続かない。だから月二回のペースでやる人たちが多い。

わたしたちもそう。開催は月二回。第二・第四木曜日。午後五時から午後八時。メニューは一種類。皆が同じものを食べる。子どもは無料。大人は三百円。

今日は十月十日木曜。八月から始め、通算五回めの開催だ。

わたしたちの場合は、とにもかくにもごはん。まず温かいごはんを提供する。それが主。学習支援や体験学習はなし。そこまではまだ手がまわらない。せいぜい、地域の人たちの異世代交流もできればいいという程度。

だから子ども以外も歓迎する。晩ごはんを安くすませようと目論む大人のグループに来られたら、子ども食堂の趣旨を説明してご遠慮いただくかもしれないが、一人なら受け入れる。

今のところ、利用者は一回約二十人。子どもが六割で、大人が四割。大人には子どもの保護者も含まれる。海勇くんのように一人で来てくれる子も何人かいる。目指すのはまさに子どもが一人で来られる場所だから、それはちょっとうれしい。

スタッフは今のところ五人。

凪穂ちゃんと鈴彦くん以外の二人、多衣さんと久恵さんはホームページを見て応募してくれた。久恵さんは近所の人だ。前からあいさつぐらいはしていた。ダンナさんも知っている。わたしが近所の人だから協力しようと思ってくれたそうだ。

ホームページでは、ほかに寄付も募っている。お金の寄付だけでなく、食材の寄付も。地方だと農家の人が野菜を提供してくれたりもするようだが、都市部だとそうもいかない。

五人それぞれの担当は、一応、決まっている。

主宰者でもあるわたしが全体責任者。開催当日は特定の役割を持たず、フリーで動く。多衣さんと久恵さんが調理担当。五十九歳の久恵さんよりはずっと下の三十八歳だが、多衣さんはレストランの厨房で働いた経験があるのでリーダーをまかせている。メニューも考えてもらう。

鈴彦くんが配膳担当。一人だとキツい時間帯は、凪穂ちゃんとわたしでカバーする。

その凪穂ちゃんが受付担当。

この五人なら、まあ、そうなるでしょう、という配置だ。

開催が木曜日というのは皆の都合で決めた。時間についてはあれこれ考えた。二時間から三時間で、午後何時から始めるか。選択肢はいくつかあった。平日だから、当然、晩ごはん。終わりが遅いと暗くなる。子どもを一人で帰すのは危険。スタッフの誰かが送っていかなければならない。

それをしなくてすむよう終わりを早めるのはいやだった。例えば午後四時から午後六時とか。午後四時台に晩ごはんは早すぎる。それだと、寝る前にまたお腹が空いてしまう。晩ごはんはきちんと晩ごはんにしたい。こちらの押しつけにはしたくない。

というわけで、午後五時から午後八時にした。一人で来てくれた徒歩三分圏外に住む子たちは全員送っていくつもりで。

今のところ、利用者は少なく、遠くから来る子もいないので、どうにかなっている。その点ではほっとした。

ただ、毎回何かしら課題は見つかる。ホームページの記載にまちがいがあるとか、食材に不足が出るとか。

子ども食堂を始めた誰もが一度は感じるであろう究極の課題。本当にたすけが必要な人を呼べるのか。その人にうまく情報を届けられるのか。そこまではまだ考えられない。今は探り探りやっている。

来てくれた子には、受付で名前と連絡先を書いてもらう。そしてここに来たことを保護者に話してきたか尋ねる。食物アレルギーの有無も確認する。給食があるから、学校に行っている子ならもう自分でわかっていることが多い。確認さえすればさほど心配はない。

アレルギーの原因になりやすい食材はいろいろある。卵、乳製品、小麦粉、蕎麦《そば》、甲殻類、など。なるべく避けはするが、メニューに幅がなくなるので、すべてを避けることはしない。子どもや保護者に確認し、承諾を得たうえで食べてもらう。

もちろん、安心で安全なものをつかうようにはする。が、食材費を上げるわけにはいかないから、有機野菜をつかったりはしない。大人から頂くお金も三百円にとどめたい。大人でもやはり割安感はほしい。

今日のメニューは、あんかけふっくら豆腐ハンバーグと生野菜やわかめのサラダとごはんとおみそ汁。デザートはバナナのケーキ。

多衣さんと久恵さんの二人でまずは三十食分をつくった。利用者が多いようなら追加でつくる。その分の食材は用意している。

豆腐ハンバーグは、卵も乳製品も小麦粉もつかっていない。大豆アレルギーの子がいたら困るが、そのときは多衣さんに何かほかのものをつくってもらう。

付け合わせは、温めた粒々のコーンとさつまいもの甘露煮《かんろに》。さつまいものほうは、付け合わせと言ってはもったいない、きちんとした料理だ。

子どもが好きなさつまいもで何かできないかな、と言ったら、多衣さんが考えてくれた。バター煮と迷ってのそちら。こってり感はない代わりに、メープルシロップを加えて甘みを増している。

デザートのケーキは大豆もつかっていないからだいじょうぶ。それはフライパンで焼くだけ。下地はこしらえてあるので、提供する直前に焼くことになっている。

子ども食堂をやろうと決めてから、保健所には何度も相談に行った。食品衛生責任者の資格もとった。保険にも入るようにした。食中毒を出したときに対応してくれる保険と、事故やケガに対応してくれる保険だ。それは必須。ないとわたしたちもこわいし、子どもの保護者を安心させられもしない。

月二回開催するとして、一年にかかるお金は約三十万円。個人が負担しつづけられる額ではない。国や都道府県や市町村の補助金や民間の助成金も存在するが、制約もありそうなので、なるべくそれらには頼りたくない。今はクラウドファンディングの可能性も探っている。

そんなこんなで、どうにかやっている。やればできるものだ。いや、まだ五回め。できているとは言えない。

始めたからには、やる。やってみました。ダメでした。やめます。そんなふうにはしたくない。どうにか続けるつもりでいる。

何よりも大事なのは、子ども。子どもの一日はわたしたちの一日とはちがうし、子どもの一食はわたしたちの一食とはちがう。それら一日や一食がすべて未来へと続く。大事なのは子ども。そこはブレずにいきたい。

わたしが子ども食堂をやろうと思ったのは今年の初め。思ったらすぐにやりたくなった。実際、すぐに動いた。もう四十代、動けるうちに動かなきゃダメだな、とも思って。

発端は、やはり夫の死。

夫は松井隆大《りゅうだい》。わたしより三歳上。ガラスをつくる会社に勤めていた。技術者ではない。営業マン。入社するまでガラスやその製造技術のことは何も知らなかったという。初めは研修のため工場に配属されたが、その後はずっと都内の本社にいた。

七年前。わたしが三十七歳のとき。隆大は車の事故で亡くなった。自身は四十歳になったばかり。係長になったばかりでもあった。

取引先の人が運転する車の助手席に乗っていて、中央線をはみ出してきたダンプカーに突っこまれた。シートベルトをしていたが、無駄だった。取引先の人ともども即死だったらしい。

その日のうちに警察からも会社からも電話が来た。事実だとわかってからは、呆然とし、泣いた。あとはもう、呆然と涙のくり返し。そんな状況でも息子航大《こうだい》のごはんはつくらなければいけないので、涙を流しながら料理をした。

勤務中の事故。労災も労災。会社からの補償はきちんとされた。

個人でかけていた保険。その死亡保険金も下りた。傷害特約を付けていたものは、その分が上乗せされた。額が小さいかんぽのものでさえ、不慮《ふりょ》の事故ということで、基本保障の倍額が支払われた。

わたしたちは一戸建てを買ってまだ四年にもならなかったが、団信に加入していたため、住宅ローンの返済も免除された。

わたしと航大には充分なお金が遺《のこ》された。まさに保険に救われた形だ。

当時、わたしは駅前のスーパーにテナントとして入っていたクリーニング店でパートをしていた。住宅ローンもあるし、これから航大にもお金がかかるからがんばらなきゃ。そう考えていた。

航大にお金がかかることは変わらなかったが、隆大の死で住宅ローンの負担はなくなった。二人家族になったので、かかる食費も減った。

それでもわたしはパートを続けた。やめて一人で家にいる気にはとてもならなかった。働かなくなったらマズい。これでパートをやめたらおしまい。そんな思いが強くあった。

だから逆にパートの時間を増やした。あれこれ考える時間を減らすよう努めた。店にひっきりなしにお客さんが来てほしい。わたしが一人になる時間をつくらないでほしい。本気でそう思った。

でもどんなに働いても、心にあいた穴は埋まらなかった。あぁ、埋まらないんだ、と思った。

この先もずっとそうなのかな、とも。

隆大が亡くなる前、わたしたちはうまくいっていなかった。穴が深いものになったのは、そのせいでもある。

航大が小学校に上がったころからそんな状態が続いていた。何故かは自分でもよくわからない。いろいろなことでわたしたちはぶつかった。その次には、すれちがった。ぶつかるのを避けるために、あえて。

そしてほとんどしゃべらなくなった。航大の授業参観にも別々に行ったりした。教室で離れて立つわけにはいかないので、校門の前で待ち合わせて一緒に校舎に入るのだ。帰りもその感じ。何のかんのと理由をつけて、別々に帰った。

航大の前でもそう。最低限必要な会話しかしなかった。ただ。いただきますやごちそうさまだけは言った。そこはお互い気をつけていた。

隆大はいつも休日前夜に家で缶ビールを二本ぐらい飲んでいたが、それをしなくなった。ビールを飲まなくなったとか、店で飲むようになったとか、そういうことではない。会社帰りに駅前のコンビニで缶ビールを買い、自宅近くの児童公園で飲むようになったのだ。家で飲むとわたしがいやがるから。

それに気づいたのはたまたまだった。わたしもちょっと遅い時間に駅前のスーパーに行った。パート先のクリーニング店が入っているスーパーだ。

買ったのは単二の乾電池。昔からつかっていた目覚まし時計の針が止まっていることに、夜になってから気づいたのだ。一日ぐらいケータイのアラームをつかってもよかったが、まだスーパーも開いてるからと家を出た。

その帰りに隆大を見かけた。後ろ姿。わたしの前を歩いていた。

それが隆大であることはすぐにわかった。会話はなくても夫は夫。そのぐらいはわかる。追いつこうと思えば追いつくこともできた。でも当時はそんな関係。そこまではしなかった。追いついたところで、話すことがないのだ。

隆大は自宅の手前の道を右に曲がった。

ん？　とわたしは思い、あとを尾《つ》けた。いや、それほど大げさな感じでもなく。ただついていった。

隆大は数十メートル進んだ先の右手にある児童公園に入った。そしてベンチに座り、コンビニのレジ袋から缶ビールを出して飲みはじめた。

一連の流れはスムーズ。外から見るわたしにも、それが隆大の日常であることがわかった。

児童公園のベンチで夜に缶ビールを飲む会社帰りの男。それはマズいでしょ。

わたしは園内に足を踏み入れ、ベンチの前まで歩いていった。

いきなり妻登場。隆大はかなり驚いた。

「うわっ！　何だ、びっくりした」

「びっくりした、じゃないわよ」

「どうした？」

「どうしたって。こっちが訊きたいわよ。何してるのよ」

「ビールを、飲んでる」

「それは見ればわかるけど。いつもこんなことしてるの？」

「いつもでは」と言ったあとに、隆大は続けた。「いや、まあ、いつもか。波子は、何でここに？」

「ちょっと買物。目覚まし時計の電池がなかったから。そしたら、帰りに見かけて」

「そういうことか」

「変なとこで曲がるから驚いた。家の手前で曲がるって何よ。あと二十メートルぐらいじゃない」

「そうだけど」

帰りたくないの？　とはさすがに訊けず、わたしは黙った。立ったまま園内を見まわした。遊具は鉄棒しかない。あとは砂場。敷地は狭いが、大きな木が何本かある。桜かもしれない。それじゃ児童は集まらない。代わりに、仕事帰りの会社員がビールを飲んでしまう。

隆大に目を戻して言った。

「みっともないからやめてよ」

「奥まってるから、死角にはなるだろ」

確かに、ベンチは奥まった位置にある。隣は三階建てのマンション。エントランスホールがあるから死角にもなる。

「でも向かいのお宅からは丸見えじゃない」

そう。向かい合う側には一戸建てがある。そこからは見えてしまう。

「まあ、公園が全部死角になったらあぶないか」

「何、のんきなこと言ってんのよ。近所の人に見られたらいやじゃない。松井さんのダンナさんがあそこでビール飲んでる、なんて言われたら」

「おれはそんなにいやじゃないよ。あそこでビール飲んでるっていう事実を言われるだけなら」

「わたしはいや。家で飲めばいいのにって思われる」

「普通はそう思うよな」

「空いた缶はどうしてるの？　その辺に捨てたりは、してないよね？」

「まさか。してないよ。自販機があるとこまで歩いていって、わきのごみ箱に捨てる」

「こんなとこで飲むなら家で飲みなさいよ」

「いいのか？」

「いいも何も。ダメなんて言ったことはないじゃない」

「言ったことは、ないか。しゃべんないもんな、おれら」

そう言って、隆大は笑った。皮肉を言った感じではなかった。

どうしようかな、と思った。そこに長居をするわけにもいかない。わたしは一人で先に帰るべきなのか。それとも。隆大も連れ帰り、ビールの残りは家で飲ませるべきなのか。

迷っていると、隆大が言った。

「ウチの裏にさ、アパートがあるだろ？」

「え？」

「ハイツ福住《ふくずみ》」

「あぁ。うん」

「そこにさ、小学生の男の子が住んでたんだよな。航大より一つ下。三年生」

「そういえば、いたかも」

「その子が、ここでパンを食べてたんだよ」

「パン？」

「スーパーで買ったみたいな菓子パン。それがその子のごはんだったんだ。晩ごはん」

「ベンチで食べてたってこと？」

「そう。一人で。このぐらいの時間に。驚いたよ。いつもみたいに入ってきたらさ、奥のベンチにその子がいたから」

奥のベンチ。ここより奥にもう一つあるベンチだ。

「立ってないで、座れば」と隆大は言った。

座った。少し間をとって、隆大の隣に。

「驚きはしたけどさ、引き返すのも何だから、おれもこのベンチに座ったんだよ。で、ビールを飲んだ」

「子どもの横で」

「そう。これだけ距離があればいいだろ」

「しゃべったの？　その子と」

「すぐにはしゃべらなかった。でも何も言わないのも変だと思って、ちょっとしてから声をかけたよ。何してんの？　って」

「そしたら？」

「ごはん食べてる、と。そのぐらいはいいだろうと思って、お母さんは？　とも訊いたよ。仕事だって言われた。あとは、あぶないから早く帰ったほうがいいよって言っただけ。実際、パンを食べたら帰っていったよ。そのときはまだハイツ福住に住んでることは知らなかったけど」

「で？」

「で、またここで会った。今度はすぐに声をかけたよ。もうちょっといろいろ訊いた。何でここでごはんを食べてるの？　とか。そしたらさ」

「うん」

「こっちのほうが明るいからって」

「明るい？」

「そう。電気を止められてたんだよ、アパートの」

「電気代を払ってなかったってこと？」

「だろうな。暗いアパートの部屋よりは街灯がある公園のほうがまだ明るいから、ここでパンを食べてたんだ。マジか、と思ったよ」

「それは、思うね」

「まあ、パンを買うお金は渡してるから、母親も育児放棄をしてるわけではないんだよ」

「母親、だけなの？」

「らしい。そのときに訊いたんだ、ハイツ福住に住んでることも。こう言っちゃ何だけど、あそこ、ちっともボロくないだろ？　普通のアパートだよな。でもそんなことがあるのかって思ったよ。部屋は一階だけど、母親が帰ってくるまでシャッターは閉めないんだって。ちょっとでも外の明かりが入ってくるように。参るよな、自分の家のすぐ裏にそんな子がいたなんて」そのあたりで、隆大はわたしに尋ねた。「ビールもう一本あるけど、飲む？」

「いい」

「じゃ、おれ、飲んじゃうよ」

「うん」

隆大はクシッとタブを開け、二本めを飲んだ。

「そんなことまで話してるのに訊かないのも変だから、名前も訊いちゃったよ。エイシンくん。漢字までは訊かなかったけど」

「名字は？」

「それも訊かなかった。根掘り葉掘り訊くのもどうかと思ってさ。公園でおじさんにいろいろ訊かれたよ、なんて母親に言われたらよくないし」

わたしも何度か見かけた。一人で道を歩いていることもあった。一人でアパートの前に座っていることもあった。それが、たぶん、エイシンくんだ。

おかしいな、とうっすら感じてはいた。でも声をかけたりはしなかった。それは自分がしていいことではないと思っていた。服が汚れていたり、顔にあざがあったりしたわけではない。おかしいとはっきり言えることは何もなかったのだ。

隆大は言った。

「だからさ、ここでこうやって飲む回数が増えちゃったよ」

「どういうこと?」

「せめてエイシンくんの見張り番というか、見守り役ぐらいにはなれればいいと思って。それで、一時的に週三ぐらい来るようになった。二回に一回は会えなかったけど」

「二回に一回は会えてたわけ?」

「そう。それだけ何度もエイシンくんはここでごはんを食べてたんだ、一人で。ごはんというか、パンだけど」

「いつもパンなの?」

「そう。一度訊いたよ、おにぎりとかにはしないの? って。そしたら、おにぎりは冷たいからって」

「あぁ」

わからないではない。スーパーで売っているおにぎりは常温保存だったりもするから冷たくはないが、温かくもない。温かくないごはんは、やはり冷たいと感じる。

「エイシンくん、もういないの？」と自分から尋ねた。

「ああ。引っ越したみたい。二週間ぐらい会えなかったから、朝、仕事に行く前に裏にまわってみたんだよな。それらしき一階の部屋の窓にシャッターは降りてなくて、なかのカーテンはなくなってた。空だったよ」

「引っ越すとは言わなかったんだ？」

「そりゃ言わないだろ。たまにここで会うだけのおじさんに」

「自分が裏に住む松井だってことは、言わなかったの？」

「それは言った。でもまさに、裏に住むだけのおじさんだからな」

「まあ、そうか」

「急に引っ越すことになったのかもしれないし」

「夜逃げみたいな感じで？」

「そうは言わないけど」

「お母さん、見たことある？」

「ない」

「一度も？」

「ああ」

隆大はビールを飲んだ。

その横顔を見て、久しぶりに長く話したな、と思った。二人で外にいることをやけに新鮮に感じた。そのころにはもう、隆大と出歩くことはなくなっていたから。

「ちょっと後悔してるよ」と隆大は言った。

「後悔？」

「うん」

「何で？」

「一度でもいいから、エイシンくんにウチでメシを食わしてやりゃよかったなぁ、と思ってさ」

「それは、変でしょ」

「変だな。でもやってできないことじゃないだろ。というか、やろうとすれば簡単にできたことだ」

「そうだけど」

「もちろんさ、そんなのこっちの自己満足で、何の解決にもならないことはわかってる。だとしても、マイナスにもならないよ」

どうだろう、とそのときは思った。マイナスに、なるかもしれない。あなたたち何なんですか。親切の押売はやめてくださいよ。エイシンくんの母親はそう思うかもしれない。

隆大が亡くなったのはその五日後。

はっきり覚えている。児童公園での出来事が最後の思い出になったから。最後の思い出は亡くなる五日前。そんなふうに覚えてしまった。

それで隆大とわたしの関係が劇的に改善したわけではない。そう簡単にはいかない。ただ、あんなふうに話せたことで、光が見えてはいた。実際、家のなかで話すことも増えた。いただきますやごちそうさまだけでなく、おはようやおやすみも言うようになった。

そうやって上向きになりかけたところでの、事故。すべてが断ち切られてしまった。バッサリと。

隆大のことは、それから毎日のように考えた。遡《さかのぼ》れるところまで遡って考えもした。

わたしは陸運会社で事務職員として働いていた。その会社は、隆大が勤めていたガラス会社が入っているのと同じビルにあった。

わたしたちは利用するコンビニも同じで、利用する時間帯も同じだった。午後一時ちょっと過ぎだ。

電話に出る者がいなくならないよう、事務職員のランチは交替制。わたしは午後一時から。なのでいつもそうなった。

同じビルを出て、同じコンビニへと歩く。ルートも同じ。ある日、隆大に声をかけられた。よく一緒になりますね。それが始まりだった。

何度か話したあと、連絡先を訊かれた。飲みに行きませんか？　とも言われ、はい、とすんなり返した。顔見知りで、勤め先も知っている。そんな安心感があったのだ。

わたしたちはごく普通に付き合い、ごく普通に結婚した。わたしの旧姓は竹村《たけむら》。結婚して、松井。竹が松になった。

何か昇格したみたい。わたしがそう言ったら、隆大は楽しそうに笑った。その笑顔を見て、竹には戻るまい、と誓った。

二年後に、航大が生まれた。

名前、隆大の大をとって航大にしよう。わたしがそう言ったら、隆大はうれしそうに笑った。

その笑顔を見て、この先も竹には戻るまい、と誓った。

でもその後の十年で、関係は徐々に悪化した。あのままいっていたら、わたしたちが離婚を考える可能性は大いにあった。

わたしはそこまではいかなかった。隆大がどうだったかは知らない。いっていなかっただろう、と思うのは、あくまでもわたしの希望的観測。

何にせよ、隆大が亡くなったことで、竹には戻れなくなった。いや、戻れるのだ。わたしが戻りたければ。むしろ戻りやすくなったとさえ言える。

でもそんな気はもうない。今ないのだから、この先もない。わたしも航大もずっと松井。最後にあれがあってよかった。あの児童公園があって本当によかった。

エイシンくんにウチでメシを食わしてやりゃよかったなぁ。

隆大のその言葉は、わたしのなかにずっと残っていた。初めは単なる思い出。でも色褪《いろあ》せなかった。色褪せるどころか、時が経つにつれ存在感を増していった。

エイシンくんが航大より一つ下なら、今は十六歳。高一。引っ越していったあと、きちんとごはんを食べられただろうか。ごはんを食べて、きちんと育てただろうか。

隆大はこうも言った。

そんなのこっちの自己満足で、何の解決にもならないことはわかってる。だとしても、マイナスにもならないよ。

どうだろう、とあのときは思った。そうかもな、と今は思う。おせっかいだととられはするかもしれない。が、いいおせっかいではあるような気がする。

そして今年の初めに、わたしはやっと思いついたのだ。カフェ『クロード』のずっと寝かされたままの看板を見て。子ども食堂をやろう、と。

わたしが住んでいるのは住宅地。学校があり、公園もあり、川が流れている。一戸建てがあり、アパートもあり、マンションもあるがタワーが付くそれではない。そんな町。端《はじ》も端、他県と接してはいるが、一応、二十三区。

そんな住宅地にもカフェはある。いや、あった。開店して二年ほどで閉店したのだ。

ななめ向かいのブロック。わたしの家からは五十メートルも離れていない。店主は黒沼時雄《くろぬまときお》さん。同じ町内会だから顔も名前も知っている。

そのカフェ『クロード』は、唐突に開店した。

工事が始まったので、増築をするのだろうと思っていた。そうしたら、カフェができた。家にカフェを併設した感じだ。

しゃれた立て看板が置かれた。店名の下に、有機野菜をつかったサンドウィッチがどうの有機栽培の豆をつかったコーヒーがどうのと書かれていた。

開店当初はそこそこお客さんが入った。近所の人たちが礼儀として訪ねたのだ。でもそれが一段落すると、お客さんは減った。たまによそからカフェ好きな人が来る程度。店はいつ見ても空いていた。

　サンドウィッチもコーヒーもおいしいと評判だった。が、値段が高すぎた。有機価格だったのだ。サンドウィッチを食べてコーヒーを飲んだら千五百円を超える。コーヒーだけでも七百円。有機コーヒーにしては安いのかもしれないが、住宅地のコーヒーとしては高い。ここは広尾《ひろお》でも麻布《あざぶ》でもないのだ。

　黒沼さんは五十歳。土地持ち。区内にいくつかアパートを所有し、その家賃収入で暮らしている。かつては会社もやっていたが、今はもう離れている。共同経営者だった知り合いに権利を譲ったらしい。

　そんな人なので、初めからカフェ『クロード』で儲けるつもりはなかったのかもしれない。要するに、趣味で始めた店なのだ。

　わたし自身は、近所の人でありながら、カフェ『クロード』に行ったことがない。行くべきだと思いはしたが、ふんぎりはつかなかった。

　実は、開店する少し前に黒沼さんとひと悶着《もんちゃく》あったのだ。

　まだ隆大が生きていたころ。もめたというわけでもないが、何かおかしくなってしまった。

　原因ははっきりしている。航大だ。当時小学三年生だった航大。

　東京に大雪が降った日。それで高揚した航大が、黒沼さん宅に雪玉を投げて窓ガラスを割ってしまったのだ。

割れたその音で我に返った航大は、あせりにあせり、そのまま逃げてしまった。そこを黒沼さんに見られた。

黒沼さんがわたしたちの家に来た。話を聞いて驚いた。悪いのはこちら。何度も謝った。航大にも頭を下げさせた。

週末には、隆大と二人、あらためて謝りに行った。お詫《わ》びの品として、わたしが好きな鶴巻洋《つるまき》菓子店のマドレーヌとクッキーの詰め合わせを渡した。

黒沼さんはそのときもまだ少し怒っていた。もしかしたら、航大を連れてこなかったことで気分を害したのかもしれない。隆大が行けば航大はいい。わたしがそう判断したのだ。思った以上に航大が落ちこんでいたこともあって。

窓ガラス代を弁償し、その件はそれで終わった。が、黒沼さんとの関係はしっくりいかなくなった。

もう夫婦間の会話はなくなっていたが、珍しく隆大がわたしに言った。黒沼さん、まだ怒ってるみたいだな。さっき駅の近くで見かけてあいさつしたんだけど、返してくれなかったよ。

それはわたしも感じていた。無視されるわけではないが、道で会っても目を逸《そ》らされてしまうのだ。あぁ、やっぱりそうか、と隆大のその言葉で確信した。

そして関係修復の機会もないまま、ズルズルきてしまった。隆大は亡くなり、航大は高校生になった。わたしも航大も、やっと隆大の死を乗り越えつつあった。いや、乗り越えることなどできないから、受け入れつつあった。

隆大のあの言葉、メシを食わしてやりゃよかったなぁ、は、存在感をなお増した状態で残っていた。そんなときに見たのだ、もう何年も寝かされたままになっているカフェ『クロード』の立て看板を。

それが、少し前から頭にあった子ども食堂とはっきり結びついた。

いい場所が、あるじゃない。

あれこれ考えない。とりあえず動いてしまう。そう決めて、動いた。

わたしは久しぶりに黒沼さん宅を訪ねた。ご主人とお話をしたいのですが、と奥さんに伝え、取り次いでもらった。

奥さんも驚いていたが、黒沼さんはさらに驚いていた。いったい何ごとかと思っただろう。いくらか怯《おび》えてさえいたかもしれない。

玄関の三和土《たたき》に立ち、わたしは黒沼さんと話をした。まずは何年も前の窓ガラス事件のお詫びをした。次いで、セレモニーホールでおこなった隆大の葬儀に来てくれたことへのお礼も言った。

松井家と黒沼家の関係がおかしくなっていたことは省いた。そんなことは今さら言ってもしかたがない。そこはもうなしにした。勝手に。

お詫びとお礼の言葉に続き、わたしは言った。

「黒沼さん、お店を貸していただけませんか？　できればタダで」

「えっ？」と黒沼さんは言った。「どういうこと？」

一気に説明した。

子ども食堂をやろうと思っていること。公民館などなら安く借りることもできるが、調理設備が整っていない可能性があること。食堂を硬い雰囲気にしたくないこと。このお店がまさにうってつけだと気づいたこと。黒沼さん自身の手を煩《わずら》わせはしないこと。必要な保険にも入ること。無茶を言っているのは重々承知していること。それでも貸していただきたいこと。

黒沼さんは子ども食堂を知っていた。新聞で読んだこともテレビのニュースで見たこともあったらしい。

「何で松井さんがそれを？」

そこも正直に言った。

かつてわたしの家の裏にあるハイツ福住にきちんとごはんを食べられていない子が住んでいたこと。部屋の電気を止められていたから児童公園でパンを食べていたこと。隆大がたまたまその子と知り合ったこと。だからわたしもそれを知ったこと。メシを食わしてやりゃよかったと隆大が言ったこと。その五日後に隆大があぁなってしまったこと。

隆大が何故夜の児童公園にいたのか。それも説明した。わたしたち、うまくいってなかったんですよ。はっきりそう言った。お店を借りようというのだから隠しごとはなしだ。

まあ、無理だろう、と思っていた。黒沼さんにしてみれば、そんなことを言われても、という話だ。

事実、断られた。

でもわたしはあきらめなかった。

その後も何度も何度も訪ね、黒沼さんにお願いした。

あるとき、黒沼さんはあっさり言った。

「じゃあ、いいよ」

「いいんですか？」

「うん。このままにしといてもしかたないから、つかいみちがあるならどうぞ」

「ほんとに、いいんですか？」

「だからいいよ。おれは何もしなくていいんでしょ？　後片づけとか掃除とかも、ちゃんとしてくれるんだよね？」

「はい。それはもう。ご迷惑は一切おかけしません」

「ガラスも割らないでね」

「え？」

「いや、冗談」と言って、黒沼さんは笑った。

「割りません。息子にも割らせません」

「お願いしますよ。小学生ならともかく、高校生に割られたらちょっとこわい」

というわけで、わたしの子ども食堂が動きだした。

カフェ『クロード』をつかわせてもらえるのは大きかった。調理器具に食器。あるものは全部つかっていいと黒沼さんは言ってくれた。だから、ペーパータオルやつかい捨てのビニール手袋やマスクを用意するだけですんだ。あとは、立て看板となるブラックボード。安い業者を選び、食堂名を記したのぼり旗もつくった。

食堂名はすぐに決まった。場所を提供してくれた黒沼さんに敬意を表して、クロード子ども食堂。気をつかわなくていいよ、と黒沼さんは言ったが、おいやでなければぜひ、とわたしが押しきった。その名前じゃわけわかんないじゃん、と話を聞いた航大は言ったが、近所の人なら、わけはわかる。

そして今。わたしは店内を見まわして、思う。

よかった。言ってみるものだ。動いてみるものだ。

クロード子ども食堂。わたしが思い描いた以上の結果だ。

黒沼さんとの関係もある程度改善されたというもう一つの結果。それもまた大きい。

わたしは紙テープでつくったリボンやチェーンを店内のあちこちに飾る。そもそもがおしゃれな店だから必要はないのだが、どこかに手づくり感を出したいのだ。子どものころに学校の教室でやったお楽しみ会。そんなイメージで。

正直に言えば、それをすることでわたし自身が楽しみたいという気持ちもある。別に悪いことではないだろう。ボランティアだって、楽しめるところは楽しめばいい。笑顔でまじめにやる。それでいい。

カウンターのところにいる凪穂ちゃんを見て、あ、そうだ、と思う。

忘れていた。あぶないあぶない。

わたしはミニ脚立に乗ったまま声をかける。

午後四時半

おつかれさま

木《き》戸《ど》凪《なぎ》穂《ほ》

「凪穂ちゃん、看板お願い」と波子さんに言われ、

「はい」と返事をする。

待ってました、を言うのは心のなかで。自分からしゃしゃり出て、わたし看板書きます、とは言わない。そういうのは苦手。

だからすでにそろってるお皿をまたそろえたり、すでに拭《ふ》かれてるテーブルをまた拭いたりしてた。あとは、お客さんは座らないカウンターのイスの向きを整えたり、ボールペンのインクが充分かをチェックしたり。

今日で五回めのクロード子ども食堂。三回めから、看板を書くのはわたしの仕事になった。二回めのときに、凪穂ちゃん書いてみて、と波子さんに言われ、好きなように書いたら気に入られたのだ。

波子さんは言った。初回から凪穂ちゃんに頼めばよかった。おばさんはダメね。こういうの結構自信があったんだけど、やっぱりダメ。チューリップを描いても、何かダサいのよね。凪穂ちゃんが描いたのとは何かちがうの。

そんなことないですよ、と言いはしたが。波子さんが描いたチューリップはダサかった。何だろう。古いのだ。花の部分に顔とかを描いてしまう。ニコッと笑わせたりもしてしまう。その発想がもうダサい。

午後五時の開店まであと三十分。急がなきゃ。

消せるマーカーペンでブラックボードに文字を書く。まずは白のマーカーで、クロード子ども

食堂。こども０円、おとな３００円。子どもも大人もひらがな。むりょう、ではなく、０円。そのほうがわかりやすい。次いで、日時。第２木曜と第４木曜。午後５時から午後８時までです。

これら基本情報は、まとめて白字。

その下に、ピンクのマーカーでこれ。今日のメニュー。あんかけふっくらとうふハンバーグ、なまやさいとわかめのサラダ、ごはん、おみそしる。バナナのケーキ。

文字はそれで終了。

あとは装飾。黄色のマーカーで、星キラキラ〜。赤と青のマーカーで、波線シュルシュル〜。まだスペースがあるので、黄色に戻り、わけもわからず、猫ニャンニャン。

この仕事は楽しい。一番楽しい仕事はまちがいなくこれだ。

今日も、わたしは遅れてここに来た。ほかの人たちは午後二時に集まってたはずだ。二回め三回めを見て、そうすることに決めた。調理をしない受付担当のわたしが二時に出てくる必要はないのだ。大学の後期の授業が始まったので、と波子さんには言ってる。

実は、もうちょっと早く来ようと思えば来られる。何なら二時にでも来られる。授業自体はあるのだが、今日も出てはいない。出席はとらない授業なのだ。では出ないで何をしてたかと言えば、学食で友だちとおしゃべりをしてた。

もちろん、お金が出ないボランティアだからちゃんとやらないということはない。来たらちゃんとやる。サボったり手を抜いたりはしない。でもそのくらいの自由はあっていい。

わたしは時給が出るバイトもやってる。就活が始まるまでは続けるつもりだ。早めに内定をもらい、そのあとまたやろうと思ってる。お金を貯めたいのだ。就職後すぐとは言わないまでも、早めに一人暮らしをしたいから。

バイト先はイタリアンの店。カジュアルな洋風居酒屋みたいなものだ。店は大学と家のあいだにある。大学から一駅、家からは三駅のところ。わたしは週三で午後五時から午後十時までやってる。

夜だと賄《まかな》いが付くのでその店にした。わたしはパスタが好きなのだ。ピザよりはパスタ。お米よりもパスタ。さっき学食でもボロネーゼを食べた。夜の賄いがパスタだとわかってるのに昼に学食でパスタを食べることもある。

偏食といえば偏食。友だちにも母にもよく言われる。でもそう言いながら、母は家でパスタをよくつくる。凪穂が好きだからよ、とも言うけど、結局はそんなに手間がかからないからだと思う。

そんなわけで、今は大学とバイトとボランティアの三本立て。

大学三年の後期からは何かボランティア活動をするつもりでいた。就活で自己アピールできるものをつくっておこうと思ったのだ。就活は大学三年の三月から。それまでに半年はやっておきたい。それならどうにか実績になるだろう。

夏休みに入る前に大学の学生支援センターに行き、募集してるボランティアを探してみた。

遠くへ行かなきゃいけないのはいや。一日じゅう屋外というのもいや。ちょうどいいのがあった。子ども食堂だ。しかもまだスタート前。八月から始めるという。始めてからも月二回のペース。場所も近い。事前打ち合わせの二日を含めても、月四日。思ったより少ない。それならバイトをやめる必要もない。

子ども食堂でボランティア。申し分ない。企業なら採用したくなるだろう。わたしが採用担当者なら、それをしなかった人よりはした人を選ぶ。

主宰者の松井波子さんに連絡をとり、大学で会った。近いからと、わざわざ来てくれたのだ。即決で採用された。学業優先でいいから、とも言ってくれた。だからそうさせてもらってる。学食でのおしゃべりも学業に含めて。

クロード子ども食堂は元カフェ。つぶれたくらいだから期待はしてなかったが、来てみたらおしゃれなカフェだった。自由《じゆう》が丘《おか》とか代官山《だいかんやま》とか、そんなところにあってもおかしくなさそうな店だ。逆にここではおしゃれ過ぎたのかもしれない。

木の床に白い壁。窓が大きいからか、店自体そこまで広くはないのに開放感がある。テーブルは、丸いものがあったり四角いものがあったり。イスも、木のものがあったりソファに近いものがあったり。ファミレスみたいな画一感はない。

受付はカウンターでする。わたしは木のドアを開けて入ってきたお客さんをまずそちらへ誘導する。

初めのいらっしゃいは必ず言う。外が暗くなってきたら、こんにちはをこんばんはに替える。いらっしゃいだけだと、どう返していいかわからずにとまどってしまう子もいる。でもこんにちはやこんばんはを付けると、同じ言葉を返してくれるのだ。

名前を訊き、連絡先も訊く。何かあったときのためだ。子どもだから、急に体調を崩したり忘れものをしたりすることがないとは言えない。アレルギーの有無も訊く。それは絶対。

あとは、お金のやりとり。大人からは三百円をもらう。釣り銭も、一応、ある。事前に波子さんが用意しといてくれる。

普段のバイトにくらべれば楽な仕事だ。お客さんは三時間で約二十人。休日前夜のわたしのバイト先みたいに満席になることはない。ワインの銘柄を覚える必要もない。せいぜい、その日つかってる食材を覚えておく程度。メニューは一種類だから、一分で覚えられる。

空いた時間には子どもたちと話したりする。キャバクラみたいに同じテーブル席に着くわけじゃない。立ったまま声をかける程度。隣に座られたら子どもたちも緊張する。ごはんだって食べづらい。

子どもたちがあれこれ話してくれるようになったら、座るのもあり。そこに決まりはない。ごく普通にやりとりする。学食で友だちとおしゃべりするのと同じだ。

会話はいくらしてもいい。ただし、家庭環境や学校生活のことに深入りはしないよう波子さんに言われてる。わたしたちはカウンセラーではないから、と。

頃合いを見て、わたしもごはんを食べる。そのときは初めから子どもたちと相席させてもらう。

これは実際に相席してわかったこと。自分から積極的に話しかけてくる子は案外少ない。子どものころを思い返してみればわかる。知らない大人に話しかけるのは勇気が要るのだ。大人とそう簡単に仲よくはなれない。なれる子もいる、というだけ。

星キラキラ～、の星を増やせるだけ増やし、猫ニャンニャン、の猫に胴体や脚を足す。わたしの今日の一作が完成する。おいでやす、と猫のセリフを書きたくなるが、子どもにはうまく伝わらない可能性もあるので、それは断念。

いつの間にか後ろに立ってた波子さんが言う。

「おぉ。いいじゃない。さすが凪穂ちゃん。そろそろ出してくれる？」

「はい」

わたしはマーカーペンを片づけ、ブラックボードを持って外に出る。

ドアの両わきには、のぼり旗が二本立てられてる。オレンジに白字で、クロード子ども食堂。そこはシンプル。それでいい。子ども食堂に派手なデコは不要。わたしの看板で充分。

ブラックボードは敷地ぎりぎりのところに立てる。どちらから来る人にも見えるよう、向きは正面。

わたしは道路に出て、それを眺める。

通行人の目は引くだろう。クロード子ども食堂、の文字は読めるし、猫も猫とわかる。上出来上出来、と画家気どりで自己満足に浸ってると、店から鈴彦が出てくる。

わたしと同じ二十一歳。大学も同じだ。わたしが人文学部で、鈴彦は経済学部。ここで知り合った。鈴彦も学生支援センターでこのボランティアを見つけたのだ。

ブラックボードを近くで見てから、鈴彦はこちらへやってくる。わたしと並んで立つ。

「いいね」

「誰でも書けるよ、こんなの」

「僕じゃ書けないよ」

「まあ、男子はこんなふうに書かないだろうけど」

鈴彦はわたしよりずっと背が高い。で、イケメンの部類。わたしは控えめに部類を付けるが、波子さんや多衣さんは、はっきりイケメンと言う。波子さんは、こんな息子がほしかった、とまで言う。

「ほんとにいいよ。適度に華やかで」

「適度にって」

「いい意味だよ。整ってる。やり過ぎてない」鈴彦は間を置いて言う。「女の人には敵《かな》わないよ」

「何それ」

「僕が子どもだったら、やっぱり女の人がやってる子ども食堂に行きたいと思うもんね。男の人がやってたら行かないってわけじゃないけど。女の人がいてくれるとほっとするよ。何かもう理屈じゃなくてさ。この看板もそう。見ただけで女の人が書いたんだなってわかるじゃない。このボランティアをやって、子どものころのそういう感覚を思いだしたよ。女の人がいると無条件に安心できるっていう感覚。夜道を歩いてて前から女の人が来ると安心する。友だちの家に行ってお父さんがいると緊張するけどお母さんがいると安心する。みたいな」

「夜道はそうだけど。友だちのお母さんには冷たい人もいたよ」

「いた？」

「いた。つっけんどんていうか、娘の友だちを歓迎してないっていうか」

今ならわかる。わたしも、自分の娘が家に友だちを連れてきたら、そんなには歓迎しないだろう。わたしが想定するその家は、団地だから。

「ここ、子ども食堂にしてはおしゃれだよね」と言ってみる。

「うん。自分の家の近くにあったら行ってみたくなるかも」

「それにしてはお客さんが少ないけどね」

「まだ知られてないだけでしょ。これからだよ」

「今日は、二時から来てた？」

「うん。授業は一限と二限だけだし。だからよかったよ、波子さんが開催を木曜にしてくれて」

「二時に来て、何してたの？」

「えーと、まずはミーティング」

その内容は、来てすぐに波子さんから聞いた。

一つは、忘れものは三ヵ月保管するというルールをつくったこと。もう一つは、子ども同士がケンカになってどちらかが手を上げてしまったらどちらの保護者にもちゃんと伝えるようにすること。

「そのあとは？」

「調理の手伝いはできないから、松井さんの手伝いとか。あれとってこれとってって言われて、あれとったり、これとったり」

「パシリじゃない」とつい言ってしまう。

「手伝いだからね、パシリだよ。そのためにいるわけだし」

そのためにいる。確かにそう。でもパシリはちょっといやだな、と思う。そういうことは、時給が出るからこそできる。鈴彦だって内心そう思ってるだろう。大学三年でボランティア。考えてることはわたしと同じはずだ。

いい機会だから、訊いてみる。

「鈴彦くんは、何でこれにしたの？」

「ん？」

「ボランティア」

「あぁ。子どもが好きだからかな」

「そうなんだ」

「うん。話してると楽しいし。初めはさ、話して楽しいのは親戚の子だけかと思ってたんだよね。でもそんなこともないみたい。近所の子と話しても、やっぱり楽しいんだよね。それで気づいたよ。あぁ、僕は子ども全般が好きなんだって」

「近所の子と話すことなんて、ある？」

「あるよ。一緒にバーベキューをやったりもするし」

「バーベキュー？　一緒に出かけもするってこと？」

「いや、ウチの庭で」

「庭でバーベキュー！　すごい」

「すごくないよ。大して広いわけじゃない。無理やりやってる感じだよ」

　無理やりでも、できるならすごい。ウチなんて庭自体がない。家に庭があるという感覚そのものがわからない。

　バーベキューも、ほとんどやったことがない。小学生のときの林間学校か何かでやったくらいだろう。個人ではやらない。準備とか片づけとかがめんどくさそう、と思ってしまう。だったら家でレンチンのパスタを食べますよ、となってしまう。

「都内でしょ？　家」

「うん。近いよ。区内」

　二十三区内に庭でバーベキューができる一戸建てを持ってるわけだ。やはりすごい。

　初めから何となくわかってた。鈴彦は育ちがいい。そんな匂いがしてた。お金持ちしかまとえない空気を身にまとってた。裕福さから来る気持ちの余裕はどうしても全身からにじみ出る。貧しさのほうが、まだ隠せるかもしれない。ある程度までは、というただし書きは付くけど。

「バーベキューって、家族でやるの？」

「そうだね。父親が、今日やるかって言って」

「それで、近所の人も呼ぶわけ？」

「うん。といっても、二《ふた》家族とかだけど」

「二家族！」

「そこは小さい子がいるから。小学生と中学生。だから声をかけろって、父親が。そこでもパシリだね」

そんなことを、鈴彦は笑顔で言う。それはパシリじゃないよ、とわたしは言ってやりたくなる。それはパシリじゃないし、そのバーベキューも子ども食堂みたいなものではない。呼ばれる子たちだって裕福なはずだ。

思いつきで、今度はこんなことを訊いてみる。

「子どもが好きなら、もしかして先生になるとか？」

「ちがうよ。教職はとってない。木戸さんは、とってるんだよね？」

「登録しただけ。とっくに断念した」

「そうなの？」

「そう。教師になりたいわけじゃないから」

「でも登録したんだ？」

「うん。タダで資格をとれるならと思って」

「あぁ」

「ここで子どもと接してみて、断念してよかったっていう気も、ちょっとする」

子どもは好きでも嫌いでもない。たぶん、普通。ただ、自分の子ならともかく、人の子は無理かも、とは思った。

子どもは一様にかわいいわけではない。かわいい子もいるが、そうでもない子もいる。難しい子も多い。まったくしゃべらない子。こちらの目も見ない子。目は見るのにしゃべらない子。やっとしゃべったと思ったら、うるせえな、だったりする子。ちょうどいい子はあまりいないのだ。子どもはこちらがやりいいようにはしてくれない。こちらが望んだ形でこちらの顔色を窺《うかが》ってはくれない。

二週間前のことを思いだし、わたしは言う。

「正直、ああいうのは勘弁してほしいよね」

「ああいうのって？」

「前回のあの子たちみたいなの」

「あぁ。海勇くんと冬真くん」

三谷海勇くんと広橋冬真くんだ。

やんちゃな海勇くんがおとなしい冬真くんにちょっかいを出した。初めは言葉だけだったが、じきにふざけて髪をクシャクシャッとやったので、冬真くんが手を振り払った。その際、はずみで冬真くんのカップが床に落ちた。

そんな事態も見越して、カップはプラスチック。床も木なので割れはしなかったが、カラカラン！　と大きな音を立て、なかのお茶はこぼれた。

海勇くんがいきなり怒鳴った。何だよ！　弱ぇくせに！

海勇くんは小学四年生で、冬真くんは小学三年生。見た感じからして、冬真くんのほうが弱い。でも悪いのは海勇くんだ。

ひやっとした。自分が小学生のころを思いだした。ああいう男子はいた。自分の思いどおりにいかないとすぐに爆発してしまう子。少しも自分を抑えられない子。

わたしもそれで何度もいやな思いをしたことがある。大人になった今も、子どもだからしかたない、とは思えない。何なの？　と思ってしまう。それでケンカ両成敗なんて言えない。冬真くんまで成敗される理由は一つもない。

そのとき、わたしは二人の近くにいて、ずっと様子を見てた。冬真くんに絡む海勇くんに密かに毒づいてもいた。

そしてこちらが心の準備を整える間もなく、いきなりそうなった。冬真くんの小爆発のあとに海勇くんの大爆発。

カラカラン！　という音に耳を奪われ、床にこぼれたお茶に目を奪われた。どうしていいかわからなかった。カップを拾うのか、お茶を拭くのか。いや、その前に。冬真くんと海勇くんを引き離すのか。引き離すなら、どうやるのか。

すぐに波子さんが二人に割って入った。スルリと。どこからともなく現れた感じだった。今考えてもわからない。本当に、どこにいたのか。

「あらあら、お茶お茶」と波子さんは言った。

早口ではない。むしろゆったりした口調。場にはそぐわなかったが、波子さんはそれで通した。

「手が当たっちゃったのね。冬真くん、だいじょうぶ？　お茶、かかってない？」そして冬真くんの返事を待たずにカップを拾い、続けた。「プラスチックって頑丈ね。床に落ちたら欠けたりはするのかと思ったけど、強いわ。ほらほら、冬真くんも海勇くんも、あったかいうちにごはん食べちゃおう。せっかくこうやって一緒にいるんだから、仲よく食べようよ」

そこへ、布巾を持った鈴彦が登場した。

「拭きますよ」

「ありがとう」波子さんは立ち尽くすわたしにカップを渡して言った。「凪穂ちゃん、冬真くんに新しいお茶、入れてくれる？」

「あ、はい」

「カップも新しくしてね」

「はい」

それで終了だった。

二人にちょっと話を聞いただけ。波子さんが海勇くんを叱ることはなかった。冬真くんに謝らせることもなかった。単なる子ども食堂の人。無関係といえば無関係。でもそこは叱っていいような気もした。悪いのは明らかに海勇くんなのだ。

あとで波子さんに言ってみた。

「海勇くんを叱らなくてよかったんですか？」

波子さんは言った。

「カップが落ちたことで海勇くん自身もびっくりして落ちついてくれたからね。あのあとさらにいくようなら叱ってたと思うけど」

波子さんは、冬真くんを迎えに来たお母さんにはそのことを伝えた。でも迎えに来なかった海勇くんのお母さんに電話で伝えまではしなかった。

甘いような気もするが、主宰者の波子さんがそう決めたのならしかたない。お手伝いさんのわたしがとやかく言うことじゃない。

「波子さんはさすがだよね」と鈴彦が言う。「僕はあのときカウンターのとこにいたんだけどさ、どうしていいかわからなかったよ」

「わたしは、二人のすぐそばにいたのにわからなかった」

「波子さん、素早かったよ。あっという間にカウンターから出て、ササッと二人に寄っていった。事前に察知してた感じで」

「カウンターのなかにいたの？」

「そう。そこから見てたんじゃないかな。観察してたというか」

そうなのか。じゃあ、わたしの無力ぶりも見られてたわけだ。見て見ぬふりをした、と思われてなければいい。見て見ぬふりはしてないのだ。動けなかっただけで。

「海勇くん」とわたしは言う。「何でああなっちゃうんだろう」

「子どもだから、しかたないよね」

出た。男子。

こんなとき、男子はたいてい海勇くんをかばう。そうすることで度量があるふりをする。自分が冬真くんの立場でもそうできる？　と言いたくなる。

「ほんとにそう思ってる？」

鈴彦は不思議そうな顔で言う。

「思ってるよ」

思ってるのだろう。そこは疑わない。本音を隠してるようには見えない。鈴彦は本当にそう思ってるのだ。自身が海勇くんや冬真くんみたいな子ではなかったから。子ども食堂に来なきゃいけないような子ではなかったから。

「子どもだからしかたないって言っちゃうのは、いいのかな」

「ダメ？」

「子ども自身がそうなるのはしかたないよ。でも周りの大人がそう言っていいのかな。それは、冬真くんみたいな子がいやな思いをするのはしかたないってことにもなるよ」

「そうは言わないけど」

「けど？」

「子どものころは、多かれ少なかれそういう経験をするよね。自分がどっちの立場になることもあるし。みんな、そうやって成長していくんじゃないかな」

出た。正論。

「じゃあ、やっぱり冬真くんがいやな思いをするのはしかたない？」

「だからそうは言わないけど」

「冬真くんが海勇くんの立場になることがあるとは思えないよ」

「それはわからないよ。人は、自分より下の人を無意識に虐《しいた》げちゃうこともあるし」そして鈴彦は間の抜けた質問をしてくる。「木戸さんは、子どもが好きじゃないの？」

「どうだろう。よくわかんない」と答える。

「教職の登録は、したんだよね？」

やや非難が込められてるように聞こえたので、言う。

「別に子どもが好きだから教職をとるわけじゃないよ。資格をとればいいと思っただけ」

「でも、子どもが嫌いならとらないんじゃない？」

「そんなことないでしょ。子どもが好きじゃないのに教師をやる人だっているよ」

「いる？」

「いるでしょ。いたでしょ、そんな教師」

「いたかなぁ」

「親が教師だから教師になる人だっているよ。採用試験で有利になるって話だし。わたしの学部にもいるよ。初めから教師になるつもりで来た子も多い」

「でも本人が子ども嫌いなら、さすがにならうとはしないんじゃない？　それは無理でしょ。自分がつらいだろうし」

「だからそこまでではないんだよ。大っ嫌いではない。そう好きでもないっていう程度。そのくらいならできるでしょ。まず仕事自体、好きだからやるもんじゃないし」

おかしな流れになったので、一度話を止めて言う。

「何かさ、わたしが子ども嫌いみたいになってない？」

「そうは言ってないよ。もし嫌いなら、これだってやれないはずだし。子どもが嫌いなのに子ども食堂のボランティアをやろうとは、思わないよね？」

正直、イラッとした。本気？　と思ってしまった。

ここにはめんどくさい人がいないからよかった。そう思ってた。いた。同い歳で一番安全に見えたこの鈴彦がめんどくさい人だった。

自分が荒くれ海勇くんになったつもりで言う。

「何でもよかったの。ボランティアをやろうと思っただけ。数あるボランティアのなかからこれを選んだだけ。遠くに行ったり一日外にいたりしなくていい。一番楽そうだったから」

「そう、なの？」

「そう。この時期にボランティアをやる学生なんてみんなそうでしょ。就活のアピールポイントづくりだよ」

「みんながそうではないと思うけど」

「鈴彦くんはちがう？」

「ちがうと、自分では思ってるよ」

就活のためのボランティア。悪いことでも何でもない。自分はちがうと言ったところで、それは程度の問題。先に控える就活をまったく意識しないことはないはずだ。そこへつなげる気持ちがゼロということはないはずだ。

変にスイッチが入った。もう歯止めは利かない。こんなことも言ってしまう。

「すごいね、鈴彦くん。やりきるんだから立派だよ。どうせ就活でもそう言うんでしょ？　自分はこのためにボランティアをしたわけじゃないとか、初めはそのつもりだったけどやってるうちにそんな気持ちはスーッと消えたとか」

「言わないと思うけど」

「絶対言うよ。わたしは言うし、それを恥ずかしいとは思わない。そういうもんでしょ、就活って。たかだか二十分の面接で人のことなんてわかるわけない。約束ごとをちゃんとこなせるかを見られてるだけ。組織のなかで人とうまくやっていけるかを見られてるだけだよ。会社によっては面接官が訊いてくるでしょ。あなたがボランティアをしたのは就活のためですか？　って」

「そう訊かれたら、どう答えるの？」

「ちがいます、か、初めはそうだったけど目覚めました。ちがいますの場合は、適当な理由をあらかじめつくっておく。知り合いに手伝ってほしいと言われたとか、それこそ子どもが好きだからやってみたかったとか。そんなふうに話を仕上げてきてるかを見てるんだよ、向こうは」

「そうなのかなぁ」

「そうじゃなくてもいいよ」

急にめんどくさくなる。こんなことを話してる自分がバカに思えてくる。わたしは誰に何の熱弁をふるってるのか。これをこの人に言って何になるのか。

「もちろん」と続ける。「いい勉強になるとは思ってるよ。自分が子ども好きか子ども嫌いかもわかるし」

　フォローのつもりだった。鈴彦にじゃなく、自分に対するフォロー。就活のためだけにやってるわけじゃないですよ、という。

　でも鈴彦はわたしの想像を超えてくる。

「それを試すためにやるのは失礼だよ」

「え？」意味がわからず、訊き直してしまう。「何？」

「そんなつもりでやるのは、子どもたちに失礼だよ」

　さすがにたじろいでしまう。まさにやりきる人なんだな、と感心すらしてしまう。同じ大学の同じ学年の相手。ちょっとはすきを見せればいいのに。

　鈴彦が面接を受ける会社をわたしが突きとめて、彼は裏でこんなことを言ってましたよ、と密告するとでも思ってるのだろうか。ボランティアをやる裏で彼はこんなことを言ってますよ、とSNSでつぶやいたりするとでも思ってるのだろうか。

「だからって適当にやったりはしないよ」

「でもそういうのは伝わっちゃうよ。子どもって案外鋭いし」

　そこは認めるしかない。そうだと思う。信用できる大人かそうでないか。子どものころ、それは確かにわかってたような気がする。

　でも自分が信用できない大人であることを認めるつもりはない。

「そんなこと言ってるけど、自分だって同じでしょ。結局、入社試験ではこのボランティアのことを話すでしょ？　いい経験になったとか成長できたとか、言うでしょ？」

「入社試験は受けないよ」

「は？」

「就職はもう決まってる。父親の会社。このまま何もなければ、たぶん、そこに入るよ」

　その意外な言葉に驚き、尋ねる。

「何の、会社？」

「ホテル」

「ホテル」

「の運営会社、か」

　もう少し聞いた。わたしでも名前を知ってるホテルだ。高級ホテルではないが単なるビジネスホテルでもない。全国各地にある。評判も悪くないはず。

「お父さんの会社なの？」

「そう言っていいかはわからないけど。一応、社長」

「社長！」

「だから僕も入ることになってる。だからって言うのも変だけど。入りたいと自分で思ったよ。人をもてなす仕事にはすごく興味があるから」

ホテル運営会社の社長、の息子。なるほど。

バーベキューができる庭。大して広いわけじゃないといっても、わたしが思うよりはずっと広いのだろう。無理やりやってる感じ、というのもわたしが思う感じとはちがうのだろう。

じゃあ、わたしもその会社に入れてよ、と言う自分を想像しながら言う。

「じゃあ、何、これはお金持ちの遊び？」

怒るかと思ったが、鈴彦は怒らない。お金持ちと言われたくらいでお金持ちは怒らないのだ。気持ちに余裕があるから。

「遊びではないと思うよ。まあ、学生だから、学業以外のことはすべて遊びと言われればそうだけど」

「そんなことないでしょ。わたしだってバイトを遊びだとは思わないし」

「その意味でなら、僕もこれを遊びのつもりではやってないよ」

「じゃあ、何のつもり？」

「何だろう。そう言われると難しいな」

「就活のためじゃないなら、何？」

鈴彦はちょっと考えて言う。

「子どもが好きっていうのもあるけど。人の役に立ちたかった、のかな」

「わたしだってそうだよ。応募したときに波子さんも言ってた。理由はどうでもいい、役に立てばいいんだって。確かにそうでしょ。寄付とかだって同じだよね。その理由が税金対策だとしても、寄付されたほうはたすかるに決まってる。就活のためだろうと何だろうと、無償で手伝えば、手伝われたほうはたすかるに決まってる。役に立つならそれでいいじゃない。鈴彦くんは役に立ってて、わたしは役に立ってないわけ？

「そんなことないよ」鈴彦はまたも間の抜けたことを言う。「看板を書くのもうまいし」

舌打ちしたいのをこらえ、わたしはその立て看板のほうへ歩いていく。そしてすでに整えてある位置をまた整え、店に戻る。鈴彦のほうは一度も見ずに。

失敗だった。子ども食堂は今日で五回め。同じ大学だからそろそろお互いのことを話してもいいと思っただけなのだが、当てが外れた。

イケメンの部類であることは、見ただけでわかった。育ちがいいことも察してた。が、鈴彦がまさか意識高い系イケメンだったとは。

カウンターの端に立ち、バインダーに挟んだ受付用紙を意味もなく数えながら考える。

中の上、という言葉がある。中の下や中の中よりはずっとよくつかう。

理屈からすれば、中の中が普通。上中下をさらに三段階に分け、全九段階にしたときに真ん中に来るのが中の中。でもみんな、中の中が普通だとは思わない。中の上でやっと普通くらい。そう感じてるはずだ。だから中の中は、上か下かで言えば下。その意味で、わたしは中の中。

木戸家は三人家族だ。父和高《かずたか》と母静世《しずよ》と娘凪穂。わたしたちは賃貸の団地に住んでる。

だから、家といってもはっきりした形がない。一戸建てとちがい、こんな形です、とウチ単体で示せない。不動産屋の物件チラシみたいに間取り図で示せるだけだ。

その間取りは２ＬＤＫ。三人家族で一人っ子だから、部屋は与えられた。わたしが洋室で両親が和室。どちらも狭い。リビングはなお狭い。全体的にとにかく狭い。天井が低いからなおさらそう感じるのかもしれない。

生まれてからずっと、わたしはそこに住んでる。引っ越しは一度もしたことがない。いいことはいいことだ。転校をしなくてすんだから。でも二十一年住むとは思わなかった。

電子部品をつくる会社に勤めてた父が、六年前、わたしが中三のときに転職した。詳細は知らされなかったが、それはたぶん、後ろ向きな転職だった。リストラに近い形でもとの会社をやめることになったのだ。移ったのは、また別の電子部品をつくる会社。親会社から子会社へ、みたいな転籍ではない。まったくの転職。

もとの会社は区内。家から近い場所にあった。バス一本でも行けたが、そちらのほうが早いというので、父は自転車で通勤してた。それでも十五分くらい。作業着のまま出かけ、作業着のまま帰ってきた。父にしてみれば便利な暮らしだったろう。

でも転職した先は区外。隣の隣の区。距離がそうあるわけではないが、電車だと大まわりになるので、通勤に一時間かかった。それまでの四倍だ。移った会社はもとの会社より規模がずっと小さかった。もとの会社はウィキペディアに載ってたが、移った会社は載ってなかった。

父は高卒。工業高校を出て、もとの会社に入った。転職した直後は母によくグチをこぼしてた。わたしに聞こえないよう気をつけてはいたはずだが、そこは狭い団地。気をつけきるのは無理だった。

なかでもはっきり覚えてるのはこれだ。技術じゃ大卒のやつに負けてないんだよ。でも会社が人を切るとなったら、結局はこうなる。

あぁ、そうなのか、と中学生ながら思った。そして理解した。だから父はわたしが小学生のうちから凪穂は大学に行けと何度も言ってきたのだと。

父が転職するまで、母はよく不動産のチラシを見てた。一戸建てとマンションならどっちがいい？　とわたしに尋ねたりした。どっちでもいい、とわたしは答えた。一戸建てに住んでみたい気もしたが、タワーマンションに住んでみたい気もしたのだ。今なら一戸建てと言うかもしれない。現実を見ず、希望を言えばいいだけなら。

一戸建てもいいけどマンションもいいわね、と母は言った。楽なのはマンションかな。でも管理組合とかが大変かも。役員の順番もまわってくるだろうし。一戸建てでも、町内会の役員とかはあるだろうけど。

そんな具体的なことを、独り言のような感じで母はわたしに話した。結局、母がどちらを望んでたのかはわからない。わかったのは、団地住まいからは早く卒業したいと思ってたということだけ。

でも母の願いは叶わなかった。父の転職を機に、母はチラシを見なくなり、わたしに尋ねもしなくなった。あきらめたのだ。父の収入が下がり、それどころではなくなったから。

父の転職で、両親の関係には歪《ひず》みが出た。二人は頻繁にケンカをするようになった。それまでもしないわけではなかったが、しても長くは続かなかったし、終わればもとどおりになってた。

でも少しずつそうもいかなくなった。

一度のケンカが三日くらい続くようになり、終わってももとどおりにならなくなった。大きなことでは必ずケンカをし、小さなことでもほぼ必ずケンカをした。時にはどちらかが大きな声を上げることもあった。父だけでなく、母も上げた。隣の家にも聞こえてただろう。父も母もそれはわかってたはず。でも抑えられないのだ。

団地の狭さも、二人のケンカの遠因にはなった。何度も言うが、団地の一室は狭い。その狭いなかにすべてをキュッと詰めなければいけないので、無駄は省《はぶ》かれる。だから廊下と呼べる部分がない。省くにはそうするしかないのだ。部屋と部屋も近い。必然的に家人同士も近くなる。関係がよくないと息は詰まる。

わたしはどちらの味方にもならなかった。どちらかに肩入れしたら、二対一の構図ができて、家族のバランスが一気に崩れそうな気がしたからだ。高校生のころのわたしは、両親が離婚することを真剣に危惧してた。母の旧姓である山内《やまうち》になることまで想定した。山内凪穂。木戸凪穂とどちらがいいかな、なんて考えたりした。僅差で木戸が勝った。二文字名字は結構気に入ってたのだ。

団地には住みたくないな、といつの間にか思うようになった。自分が働くようになったら出たい。都内の一戸建てとは言わない。タワマンとも言わない。せめて、団地っぽくないマンションには住みたい。

そのためにはどうするか。大学生になり、自分の最終学歴がはっきり見えたところでやっとわかるようになった。

少しでもいい会社に入るしかない。

何ら才能のない自分がとり得る手段はやはりそれだった。わたしが美形なら、ナンバーワンキャバ嬢を目指すとか、合コン三昧で白馬《はくば》王子を狙うとか、そんなやり方もあったろう。でも残念ながらわたしは美形ではない。中の上だ。実質は中の中の、中の上。

大学のキャリア支援センターに行って調べてみた。人文学部でも、卒業生はまずまずの会社に就職してることがわかった。とはいえ、知らない会社の名前も多くあった。やはりその気でいかなきゃダメだと思った。

結局はイスとりゲームなのだ。イスの数は初めから決まってる。いい大学の学生は、イスとりゲームの音楽を少し早く止めてもらえる。だから座りたいイスも選べる。わたしたちレベルだとそうもいかない。素早い反応が求められる。人を押しのけてでもイスを奪う必要がある。

だからわたしはこのボランティアに応募した。実際に、やってみた。楽勝だ、と思った。初めの三回は。

四回めで、自分がこなせてないことを知った。役に立ってるからいいと思ってたのに、役に立ててないことを知った。海勇くんと冬真くんがああなったときに何もできなかった。わたし自身が固まってしまい、二人に声をかけることさえできなかった。

なのにそのことを忘れ、というか忘れたふりをして、今日も二時間遅れで出てきた。そして看板を書いただけで仕事をした気になった。鈴彦とは変な感じにもなった。

同い歳の鈴彦はともかく。遥かに歳上の波子さんやほかの人たちには丸わかりかもしれない。何がって、わたしが就活のためにこれをやってることが。それでもいないよりはましと思われてるのか。今の大学生なんてこんなもんでしょ、と思われてるのか。

壁の時計を見て、エプロンを着ける。

「木戸さん、ごめん」と背後から言われる。

いつの間にか店に入ってきてた鈴彦だ。

振り向き、何のこと？　というように返事をする。

「ん？」

それをただ聞きとれなかっただけだと思うのか、鈴彦はなおも言う。

「ごめん。僕なんかが言うことじゃなかった」

そうこられてはしかたないので、わたしもこう返す。

「いいよ、別に」

「木戸さんを非難するつもりなんてまったくないよ。そんな資格もないし。余計なことを言った」

「だからいいって」

早いな、と思う。謝ってくるのが早い。そこはちょっと評価したい。遺伝なのか何なのか、わたしはすぐにそうすることができないタイプだ。仲直りするにしても、時間を置きたくなる。両親みたいに三日も置いたりはしないけど。

　それで終わりだろうと思ったが、鈴彦はその場から動かない。わたしを見て言う。

「確かに、理由なんてどうでもいいよね。波子さんと話してたとき、父親のホテルの名前が出てきたことがあってさ。僕は言ったんだよね、ウチの父親がそこの社長ですって。言わないと、あとで知られたときに隠してたみたいになっちゃうから。そしたら、え～、お坊ちゃんじゃないって驚かれて」

「で？」

「つい訊いちゃったよ。僕がここにいたらいやですか？　って」

「波子さん、何て？」

「役に立ってくれれば誰でもいい。いい意味で誰でもいい。鈴彦くんが警視総監の息子だろうとアラブの石油王の息子だろうと大歓迎って」

「そう言ったの？」

「うん。おもしろいよね、あの人」

「まあ、ちょっと変わってるかも」

「でもそう言われて、何か気が楽になったよ。そうだよな、役に立てばいいんだよなって、思えた。金持ちの遊びでもいいんだって」

「それは、ごめん。わたしもちょっと言いすぎた」

「いいよ。そう見られてもしかたない」

「しかたなくはないよ。それがしかたないなら、お金持ちの人はボランティアができなくなっちゃう」

「小さいころからさ、父親に言われてるんだよね。自分が恵まれてると思うならそれを周りに還元しろ、よりよく活かす努力をしろって」

「だからこれ？」

「うん。別にボランティアをしろって言われてるわけではないんだけど。何をしたらいいか、ほかに思いつかなくて。とりあえずはできそうなことからやってみようと。ほんとはさっき木戸さんが言ったみたいに寄付とかできればいいんだけど、僕はそんなにお金を持ってないし」

「いや、持ってるでしょ」とそこは言ってしまう。

「父親は持ってるだろうけど。僕は持ってないよ。今はこづかいゼロだしね」

「ゼロなの？」

「うん。だから引っ越しの会社でバイトしてる。そこは登録さえしておけば入りたいときに入れるから便利なんだよね。仕事はキツいけど」

「高校生のころは？　おこづかい」

「五千円。一年から三年まで据え置き。ずっと五千円」

そうなのか。わたしでさえ、高三のときは六千円もらってたのに。

「でも、服は買ってもらえたり海外に連れてってもらえたりで、やっぱりすごく恵まれてはいるよ。余裕があるなら、その分、何か役に立つことをしたいんだよね。しなきゃいけないとも思うし」

参った。

何というか、苦い気持ちになる。

鈴彦は、わたしが言った意味でやりきる人なのではない。本当にやる人なのだ。意識高い系、ではなく、本当に意識が高い人なのだ。

時間をかけてトイレの掃除をしてた波子さんがそこから出てくる。洗った手を専用のペーパータオルで拭きながら言う。

「はい。じゃ、皆さん。あと三分で五時。開店です。ここまでおつかれさま。引きつづきよろしくお願いしますね」

「は～い」と多衣さんが言い、

「お願いします」と久恵さんが言う。

波子さんのいいとこはここだな、とふと思う。ただお願いしますじゃなく、ここまでおつかれさま、をちゃんと挟むとこ。そういうのは案外大きいのだ。バイト先の店長は言わない。波子さんは言う。前回そのことに気づいた。

「おつかれさま」とわたしは鈴彦に言う。

「おつかれさま。今日、一人めは誰だろうね。海勇くんか冬真くんならいいな」

「わたしの予想は、牧斗《まきと》くんかな。前回みたいに」

窓越しに外を見て、鈴彦は言う。

「あれ、もう来たかな」

そして小走りに寄っていき、ドアを開ける。外にいた子と何やら話し、顔をこちらに向けてやや大きな声を出す。

「松井さん！　もうお入れしていいですか？」

「は〜い。どうぞ」

入ってきたのは、牧斗くんではない。海勇くんでも冬真くんでもない。知らない子だ。初めて見る顔。

「いらっしゃい。こんにちは」とわたしも言う。

男の子は無言だが、反応はしてくれる。ちゃんと目は見てくれる。

カウンターへ連れていき、ボールペンを渡して言う。

「お名前を書いてくれる？」

男の子は書く。いかにも子どもという、大きめな漢字を。

水野賢翔。

子どもには難しい字だからか、賢と翔は特に大きい。

「ミズノケンショウくん？」

男の子は小さくうなずく。

「何年生？」

「一年生」とそこは答えてくれる。

「連絡先も、書いてもらえる？」

賢翔くんは首を二度横に振る。そして言う。

「引っ越してきたばっかりだから、わかんない」

「おウチは近く？」

「でもない」

「今は一人で来たの？」

「お兄ちゃんと」

「そのお兄ちゃんは？」

「電車に乗るから、走っていった。遅れたらダメだからって」

「じゃあ、えーと、帰りは、お母さんか誰かが迎えに来る？」

「お兄ちゃんが来る」

「あぁ。そう」

そこへ松井さんが来てくれたので、わたしはとりあえず賢翔くんに聞いたことを話した。

細かいことは訊かず、松井さんは賢翔くんに言う。

「ごはんは食べてくれるよね？　食べに来たんだよね？」

賢翔くんはうなずく。

「よし。食べよう。ゆっくり食べて、お兄ちゃんを待とう」

「でも」

「ん？」

「まだあんまりお腹空いてない」

「そっか。じゃあ、お兄ちゃんを待って、お腹が空くのも待とう。空いてから食べよう」

午後五時

いただきます

森《もり》下《した》牧《まき》斗《と》

午後五時なのに、もう空はうっすらと暗い。今はまだうっすらだけど、こうなったらあとは速い。すぐに真っ暗になる。

これから行くとこは近い。二分で行けるから二分で帰れる。でも暗いとやっぱりこわい。帰りは走っちゃうと思う。走ると余計こわいのだ。何かに追いかけられてるような気がして。

今はお母さんがいるからだいじょうぶ。コンビニに寄ったせいで遠まわりにはなったけど、お母さんがいれば暗くてもこわくない。

この辺は便利だけどちょうどいいとこにコンビニがないのよ、とお母さんはいつも言う。周りにはコンビニが四つあるけど、どこへ行くにも五分は歩くのだ。五分なら、ぼくが通う小学校より近い。でもお母さんは遠いと言う。歩きたくないのだ。特に、かかとがとんがった靴を履いてるときは。

ぼくは都営アパートに住んでる。都営。初めは何のことかわからなかった。お母さんが教えてくれた。都は東京都の都。東京都がやってるアパート、という意味だ。

アパートもやってるんだから東京都はすごい。ぼくがそう言ったら、お母さんはこう言った。もっといろいろやってほしいもんだわよ。ゼイキンをとってるんだから、ほんと、ちゃんとしてほしい。

ゼイキンて何？　と訊いたら、お母さんは答えた。国とか都とかがお母さんからむしりとるお金。

都はアパートをやったりするだけじゃなく、お母さんからお金をむしりとったりもするのだ。

ちょっとこわい。

住宅地の道をお母さんと並んで歩く。歩道はない細い道。車はスピードを出せないから、そんなにあぶなくない。でも車には注意しなさいと学校の先生からは言われる。あと、不審者に注意しなさいとも言われる。不審者というのは、変な人のことだ。世の中には変な人がたくさんいるからほんとに注意しなきゃいけない。らしい。

お母さんのとんがったかかとがコツコツいう。その靴を履くと、お母さんは家にいるときより背が高くなる。こんなふうに並んで歩いてても顔の位置が高い。

お母さんはきれいだ。きれいだし、友だちのお母さんより若い。今、二十八歳。友だちのお母さんは三十歳を過ぎてる人が多い。なかには四十歳を過ぎてる人もいる。

ぼくはこないだ九歳になった。小学三年生。三年生は、低学年でもあり中学年でもあるらしい。中学年と言われたときは低学年にはならない。何だかややこしい。

今年から、お母さんは外を歩くときにぼくと手をつながなくなった。去年までは必ずつないでた。ぼくが迷子にならないようにだ。でも今年はちがう。牧斗はもう大きいんだから一人で歩いて、とお母さんは言うのだ。

ぼくはまだ小さいけど、保育園の子とか一年生の子とかにくらべたら大きい。だからぼくは大きい。そう思うことにした。

「着いたよ」とお母さんが言い、

「うん」とぼくが言う。

クロード子ども食堂。前はカフェだったとこだ。カフェというのは、大人がコーヒーを飲んだりする店。でも今は子ども食堂。ぼくみたいな子どもにごはんを食べさせてくれる食堂だ。大人も食べられるけど、子ども食堂。クロード、の意味は知らない。お母さんも知らないと言ってた。

木のドアを開けて、お母さんが入っていく。

ぼくも続く。

「いらっしゃい。こんにちは」とすぐ近くにいたお姉ちゃんが言う。お母さんよりも若い人だ。

「子ども。一人」とお母さん。

「はい。ではこちらにご記入をお願いします」

「また書くの？　前も書いたけど」

「すいません。会員制ではないので」

「普通の食堂も、名前なんて書かせないでしょ」

「そうなんですけど」

お母さんがカウンターのところで名前とかそういうのを書く。

「お子さん、アレルギーは何かありますか？」

「それも前に言ったけど。で、そのときも思ったけど。何でそんなことまで言わなきゃいけないの？　個人情報でしょ、それ」

「まあ、はい」

「知らない人にそこまで明かさなきゃいけないわけ？」

「それは、あの」とお姉ちゃんが口ごもる。

そこへすぐにおばちゃんがやってくる。店長みたいな人だ。子ども食堂長。

その食堂長おばちゃんが言う。

「万が一アレルギーがあるものを知らずに食べて症状が出てしまったら大変ですから。念のためお聞かせください。お願いします」

「ないですよ」

「そうですか。ありがとうございます」

「いちいち訊くなら、初めからそういうのを避けてつくればいいのに」

「そうできればいいんですが、それだとメニューが限られてしまいますので。どうせなら子どもたちには好きなものを食べてほしいですし」

「要は、何かあったときに責任をとりたくないってことですよね？」

「それもあります。ただ、そうならないよう注意したいと思ってます。わたし、牛乳アレルギーの症状が出たお子さんを見たことがあるんですよ。度合は人それぞれちがうらしいんですけど、そのお子さんは、せきが出て、呼吸も楽にできないみたいで、本当に苦しそうでした。そういうことには、絶対になってほしくないので」

「アレルギーはないですよ。だからだいじょうぶ。いいですよね、それで」

「はい。ありがとうございます。お母さまは、お食事はよろしいですか？」

「いいです、この子だけで」

「わかりました。ではお好きなお席へどうぞ」

お母さんは窓際の席に行く。イスが四つある、四角いテーブルの席。お母さんはそういう広い席が好きだ。ぼくと二人でも、選べるなら四人で座れる席を選ぶ。狭いのが嫌いなのだ。家が狭いからかもしれない。

ぼくをイスに座らせて、お母さんは向かいに座る。すぐにバッグからスマホを取りだして、画面を見る。

お母さんは広い席も好きだけどスマホも好きだ。いつでもどこでもスマホを見る。家でテレビを見るときもスマホを見る。スマホを見てるのかと思ったら、テレビでお笑いの人がおもしろいことを言うのを聞いて笑ったりもする。

ぼくの周りにも何人かスマホを持ってる友だちがいる。スマホじゃないやつを持ってる友だちのほうが多い。どっちにも防犯ブザーとかが付いてる。不審者が来たら鳴らすのだ。

ぼくはどっちも持ってない。不審者が来たら大声を上げて逃げて。お母さんにはそう言われてる。防犯ブザーなんかよりそっちのほうが確実だから、と。

「お母さんは食べないの？」と訊いてみる。

「まだね」とスマホを見ながらお母さんは答える。

「今用意をしてるから、牧斗くん、ちょっと待っててね」とさっきの食堂長おばちゃんが通りすがりに言う。

ぼくは小さくうなずく。

「名前とか覚えてるし」とお母さんが小声で言う。

大きな窓から見える空は、やっぱりもう暗くなってる。店のなかが明るいから、なおさらそう見える。

「早く読んでよ」

お母さんはスマホに何やら文字を打つ。三十秒くらい待って、こうつぶやく。

出したメッセージが読まれないみたいだ。

お母さんはあきらめてスマホをバッグに戻し、ぼくに言う。

「じゃあ、行ってくるから」

「えっ？　今日は休みじゃないの？」

「休みだけど仕事。牧斗のためでもあるの。ウチのカギ、持ってるよね？」

「持ってない」

「何でよ。持ちなさいって言ったじゃない」

「お母さんが休みだと思ったから」

カギ、実は持ってる。首にかけるためのヒモを丸めてパンツのポケットに入れてある。持ってないと言えばお母さんは行かないんじゃないかと思ったのだ。

ダメだった。

「何してんのよ」

そう言って、お母さんはバッグから自分のカギを取りだしてぼくに渡した。小さな赤いケースが付いてるやつだ。

「ほら、これ持ってて」

「ぼくが持ったら、お母さんがウチに入れなくなっちゃうよ」

「だいじょうぶ。牧斗より先に帰ることはないから」

ないのか。

「でも、いい？　なくさないでよ。これなくしたら、牧斗もお母さんもウチに入れなくなっちゃうからね」

「なくさない」

「ちゃんとポケットに入れて」

入れた。一つのポケットに同じカギが二つ。座っててもわかるくらい、ポケットはふくらむ。パンパンになる。

「近いんだから、一人で帰れるよね？」

「うん」

「じゃ、行くから」

「何時に帰る？」

「まだわかんない。いつもと同じくらいかな」

だとすれば、ぼくが寝てからだ。

お母さんはぼくに顔を寄せ、また小声で言う。

「タダなんだから、いっぱい食べなさいよ。お代わりもしちゃいなさいよ」

そんなには食べられないと思うけど、ぼくは言う。

「うん」

「じゃあね」

お母さんは立ち上がり、靴のかかとをゴツゴツ鳴らして歩いていく。さっきはコツコツだったけど、今は床が木だから、ゴツゴツ。

食堂長おばちゃんがお母さんに声をかける。

「どちらへ？」

「ちょっと」

「戻られます？」

「たぶん」

ぼくに言ったのとちがう。お母さんは戻らない。でも、たぶん、と言えば、うそをついたことにはならない。たぶん。

お母さんが出ていき、ぼくは一人になる。考える。

うん。とお母さんには言ったけど。一人で帰るのはちょっとこわい。いや、正直に言うと、かなりこわい。歩いて二分でもこわい。

大人はこわくないからすごい。お母さんだってこわいわよ、とお母さんは言うけど、こわがってる感じはない。いつも駅から一人で歩いて帰ってくる。十分くらい歩くのだ。暗い道を十分なんて、ぼくは絶対無理。

夜道がこわいのは、暗いから。暗いのがこわいのは、おばけが出そうだから。ぼくはおばけがこわい。いないことは知ってる。いるかと訊かれたら、いないと答える。でもやっぱりこわい。いないのにこわがらせるんだから、おばけはすごい。

いるみたいになってるのにいないものは、ほかにもある。例えばサンタクロース。サンタさんはいない。これもいないと、お母さんがはっきり言った。

去年のクリスマスの朝。枕もとにプレゼントがなかった。その前、一年生のときまではあったから、驚いた。

「サンタさん、来なかったよ」

ぼくがそう言ったら、お母さんはこう言った。

「ごめん。忘れてた」

「何でお母さんが謝るの？」

「あれ、いつもお母さんが置いてたの」

「うそだよ」

「うそじゃない」

「サンタさんだよ」

「サンタさんじゃない。勝手に人んちに入ってプレゼント置いてたらフホウシンニュウじゃない。警察に捕まるよ。牧斗だってこわいでしょ？　夜中、目が覚めたときに赤い服を着たひげもじゃの男がいたら」

「サンタさんならこわくないよ」

「だからサンタなんていないの」

「うそだよ。いるよ」

「じゃ、牧斗、見たことある？」

「あるよ」

「それがうそじゃない。だって、いないんだから」

「スーパーとかにいるひげもじゃの人は？」

「ああいうのは全部ニセもの。スーパーの人がやってるだけ」

まあ、スーパーの人はニセものだろうと思ってた。でもニセものがいるということは、どこかに本物もいるということだ。本物がいなかったら似せられない。だって、もとがわからないんだから。スーパーの人はもとを知ってるから似せられるのだ。

そう言ってみたけど、お母さんはちがうと言った。そもそもがつくられた話なのだと。

「おばけだっていないでしょ？　あれと一緒。いないけど、いるみたいにしてんの」

「サンタさん、ほんとにいないの？」

「いない。牧斗はもう次で三年生なんだから知っときな。笑われちゃうよ、いつまでもサンタさんがいるなんて言ってたら」

「じゃあ、プレゼントはもらえないの？」

「それはあげる。お母さんが忘れてただけだから」

そしてお母さんはぼくが前からほしがってた仮面ライダージオウのフィギュアを買ってくれた。

実はそれでもまだサンタさんはいるんじゃないかと思ってたので、次の日の朝も枕もとを見てみた。プレゼントはなかった。それで本当にサンタさんはいないのだと思うことにした。

ぼくは小二でサンタさんがいないことを知り、小三でお母さんと手をつながなくなった。ちょっとずつだけど、大きくはなってる。去年のクリスマスから十ヵ月近く経った今はもう、サンタさんがいるなんて思ってない。

お母さんはいつもそんなふうにぼくにものを教えてくれる。おばけはいないとか、サンタさんもいないとか、小学三年生はもう大きいから母親と手をつなぐのはおかしいとか。

そしていつもぼくを守ってくれる。さっき、お代わりもしちゃいなさいよ、と言ったのは、ちょっとでもたくさん食べさせてぼくを大きくしようとしたからだし、その前にお姉ちゃんや食堂長おばちゃんにあれこれ言ったのも、家族でも何でもない人にぼくのことをどうこう言われたくなかったからだ。

ああいうとき、お母さんは本気でぼくを守る。

例えばこれも去年、ぼくが同じクラスの矢崎育太《やざきいくた》くんにぶたれたことがあった。

体育の時間に矢崎くんがわざとぼくにぶつかったのに謝らなかったから、ぼくもぶつかり返した。そしたらまたぶつかってきたので、またぶつかり返した。それを何度もくり返してたら、矢崎くんがいきなりぼくをぶったのだ。

　ぶったというか、何だよ、と振り上げた手がぼくの顔にバチンと当たった。頭ならともかく、顔はどこに当たっても痛い。ぼくはよろけてその場にしゃがみこんだ。鼻がツンとして、ちょっと涙が出た。

　周りのみんなが騒いで、すぐに担任の町砂雪《まちさゆき》先生が来た。

　厚見琴葉《あつみことは》ちゃんが、矢崎くんが森下くんの顔をぶちました、と説明した。ぶってないよ、手がぶつかっただけだよ、と矢崎くんは言った。

　町先生がぼくの顔を見て、血、と言った。自分では気づかなかったけど、鼻血が出てたのだ。ぼくは保健室に連れていかれた。そのころにはもう痛くなかったけど、血が出てると言われたことでまた痛くなったような気がした。

　そのことを、その日のうちにお母さんが知った。ぼくが言ったんじゃない。町先生がお母さんのスマホに電話したのだ。今日学校でこんなことがありました、牧斗くんは鼻血を出しただけなので病院には連れていきませんでした、と。

　お母さんは怒った。いつもぼくを怒るときの何倍もの感じで。

　次の日は土曜。学校はなかった。でもお母さんはぼくを連れて矢崎くんの家に行った。相手が矢崎くんだということは、町先生に聞いたらしい。

　あの先生、初めは言えないとか言ってたのよ、とお母さんはぼくに言った。手を出されたうえにその相手が誰か知らされないって、何なのよ。

結局、町先生は教えた。教えなくても、お母さんがぼくに訊けばわかってしまうからだ。でも家がどこかまでは教えなかった。それはぼくが知ってた。矢崎くんの家はデンタルクリニックだから。お父さんが歯医者さんなのだ。

矢崎デンタルクリニックは中学校の近くにある。それはお母さんも知ってた。

午前中。お母さんはクリニックじゃなく、すぐ隣にある家を訪ねた。インタホンのチャイムを鳴らして言った。

「森下牧斗の母親ですけど」

「あ、はい」

ドアが開いた途端、お母さんは矢崎くんのお母さんに言った。

「いったい何なんですか！　叩くってどういうことですか！」

「いえ、あの」

「先にぶつかってきたのは矢崎くんですよ。なのに謝らないから牧斗がぶつかり返しただけ。それで手を出すなんておかしいじゃないですか！」

「はい。すみません」

訊かれたから、お母さんにはあったことをそのまま伝えてた。うそはついてない。ぼくが見たこと、感じたことを話しただけだ。でもそれをお母さんの口で言われると、何だか落ちつかなかった。

「町先生からご連絡をいただきまして」と矢崎くんのお母さんは言った。「森下くんには謝らなきゃいけないと思っていました。今日は診療があるので、明日にでも主人と伺《うかが》おうと」

「ほんとですか」

「本当です。お宅に伺うつもりでいました」

「わたしがおとなしく待ってればよかったってことですか？」

「いえ、そういうことでは」

奥の部屋から矢崎くんが顔を出した。でもすぐに引っこめた。お母さんがかなり怒ってたから驚いたのだと思う。

矢崎くんの姿は見えてたはずだけど、お母さんは何も言わなかった。出てきなさい、と矢崎くんに言うとか、呼んでください、と矢崎くんのお母さんに言うとか、そんなことはなかった。

それにはほっとした。呼ばれたら、ぼくもちょっといづらい。そのときはもう矢崎くんに怒ってもいなかったから。

「ただ」と矢崎くんのお母さんは続けた。

「ただ？」

「育太も、手を振り上げたら森下くんに当たっただけだと言っていますし」

「は？　何ですか、それ。牧斗が悪いんですか？　矢崎くんが振り上げた手にわざわざ牧斗が顔を寄せにいったんですか？　牧斗は当たり屋ですか？　それでボスのわたしが治療費をふんだくりに来たんですか？」

「いえ、そんなことは決して」

「鼻血くらいで、とか思ってますよね？」

「いえいえ。そんなことも決して」

「わざとじゃなくてもダメですよ。目に当たってたらどうします？　視力が落ちたらどうします？」

「それは」

「とにかく気をつけてください。矢崎くんにも言って聞かせてください。こんなめんどくさい親もいるから気をつけなさい、でも何でもいいから。じゃあ、これで」

お母さんはクルリと振り返り、歩きだした。ぼくの手を引っぱって。

「森下くんごめんね」という矢崎くんのお母さんの声が後ろから聞こえてきた。

次の日、日曜の昼。今度は矢崎くんのお父さんとお母さんがウチに来た。

「本当にすみませんでした」と二人は言った。

お母さんはもう怒ってなかった。

「いいですよ。言うことは言ったから」

二人はおみやげを持ってきてた。いや、おみやげじゃなくて、お詫び、だ。

「これ、クッキーです。鶴巻洋菓子店の」と矢崎くんのお母さんが言った。「もしよろしければ」

「いりません」とお母さんはつっぱねた。「言いましたよね。当たり屋じゃないんですよ。そういうの狙いじゃないですよ」

「それは、わかっていますけど」

「ご丁寧にどうも。ほんとにもういいです。それじゃあ」

そう言って、お母さんは自分で玄関のドアを閉めた。

居間に戻ると、クッションに座っていつもみたいにスマホを見た。

しばらくして、ぼくに言った。

「クッキー食べたかった？」

「そんなには」と返した。

「そんなには」とお母さんは笑った。

食べたい気持ちがつい出てしまった。クッキーだからそのくらいですんだ。これがハイチュウとかうまい棒とかだったら、食べたかったとはっきり言ってたはずだ。

お母さんはなおもスマホを見ながら言った。

「牧斗」

「ん？」

「やられっぱなしでいちゃダメだよ。言うことはちゃんと言わないと、あいつは何をしても言い返さないやつだと思われちゃうの。だから何をしてもいいやつだと、そう思われちゃうの」

「うん」

「ぶったりするのはダメ。でも言い返すのはいい。わかった？」

「うん」

「あの人たちが何で謝りに来たかは、わかる？」

「矢崎くんがぼくをぶったから」

「ちがう。歯医者だから」

「何で歯医者だから謝りに来るの？」

「変なうわさを立てられたらいやだから」

「お母さんもぼくも、あそこの歯医者には行ってないよ」

「それは関係ない。うわさなんて、立てようと思えばいくらでも立てられる。火のないとこにも煙は立つの。悪意のある人が一人いればいいんだから。そのうわさが患者さんに広まったら困るでしょ？　歯医者も競争が激しいのよ。コンビニより数が多いらしいから」

「お母さんは、うわさを立てるの？」

「立てないわよ。牧斗の悪くもない歯を何本も抜かれたりしたら、立てるかもしれないけど。だからね、あのクッキーはそういうことなの」

「そういうことって？」

「このことは誰にも言わないでねってこと」

「じゃあ、もらえばよかったのに」

「だからこそもらえないのよ」

「誰かに言うからってこと？」

「そうじゃなくて。もらったから言わないみたいになるのがいやだってこと」

何だかよくわからなかった。

「あー」とお母さんは言った。「でもクッキーは食べたかったな。たまにお店でお客さんがくれるの。鶴巻洋菓子店のやつ。おいしいのよ」

「じゃあ、もらいに行く?」

「行かないわよ」とお母さんはまた笑った。

そのあと。矢崎くんはもうぼくにぶつかってこなくなった。ぶつかられないんだから、もちろん、ぼくもぶつからなかった。

何日かして、厚見琴葉ちゃんには、森下くんのお母さんてこわいね、と言われた。矢崎くんが話してしまったらしい。こわくないよ、とぼくは言った。悪いことをしたら怒るだけだよ。

でも厚見琴葉ちゃんと仲がいい小貫未梨《こぬきみり》ちゃんにはこう言われた。だけど森下くんのお母さんてきれいだよね。

小貫未梨ちゃんとは、駅前のスーパーで会ったことがあるのだ。それぞれがそれぞれのお母さんと買物をしてたときに。

あ、森下くん、と先に気づいた小貫未梨ちゃんが言った。それで、お母さん同士があいさつみたいなことをした。それだけ。でも小貫未梨ちゃんがお母さんをきれいだと思ってくれたのならうれしい。ぼくも小貫未梨ちゃんのことはかわいいと思うから。

とにかく、お母さんはそんなふうにぼくを守ってくれる。矢崎くんの家にまで行ったのは驚いたけど、それだってぼくを守るためだ。クッキーをもらわなかったのも、たぶん、ぼくを守るため。まあ、クッキーは、もらっても守れたと思うけど。

お母さんがいてくれればそれでいい。お父さんはいなくてもいい。お父さんがいたらどんな感じなのか、たまに考えてみることはあるけど、お父さんがいたらいいとは思わない。だって、ぼくにはお母さんがいるから。

食堂にはもう何人かがいる。一人で来た男子と、お母さんと来た男子と女子が一人ずつ。三人とも小学生に見えるけど、顔は知らない。ちがう学校の子かもしれない。あとは、おじいさんが一人。

受付のお姉ちゃんと同じくらいの歳のお兄ちゃんがぼくのところへお盆を運んできてくれた。背が高くてカッコいいお兄ちゃんだ。

「はい、お待たせ。今日はハンバーグ」

ぼくはうなずき、目の前のハンバーグを見る。

ハンバーグにしては色が白い。色白のハンバーグだ。ハンバーグにもいろいろある。

「おみそ汁は熱いから気をつけてね」

確かに、みそ汁からは白い湯気が出てる。白は白でも、ハンバーグの白とはまたちがう白だ。白にもいろいろある。

「ゆっくり食べてね」とお兄ちゃんは去っていく。

お母さんはほとんど料理をしないから、いつもはスーパーやコンビニの弁当を食べることが多い。弁当は電子レンジで温める。あぶないから温めるのは一分まで。それがお母さんとの約束。

ごはんを食べようとしたら、またドアが開き、一人入ってきた。男。大人まではいかない。高校生くらいの人だ。

受付のお姉ちゃんがすぐに寄っていく。

「いらっしゃい。こんにちは」

「あ、おれ、ちがいます。マツイです。えーと、マツイの息子です」

食堂長おばちゃんがカウンターから出てきて言う。

「あら、あんた、来たの」

「いや、来いって自分が言ったんだろ」

「まさかほんとに来るとは思わなかった」

「じゃあ、帰るよ」

「せっかく来たんだからいなさいよ」

食堂長おばちゃんがマツイさんらしい。高校生っぽい人が、子どもだ。

「じゃあ、コウダイくんですか」と受付のお姉ちゃんが言う。

「そう」とマツイさん。「ウチのグソク。バカ息子」

「バカ息子ではないだろ」とコウダイくん。「高校の偏差値もギリ六十あるし」

「って言っちゃうところがバカ息子でしょ?」と笑い、マツイさんは言う。「じゃあ、そうね、えーと」

そしていきなりぼくの名前が出る。

「牧斗くんのとこに座って」

「そこ？」とコウダイくん。

「そう」マツイさんが今度はぼくに言う。「牧斗くん、ごめんね。これ、おばさんの息子。高校二年生。話し相手になってあげて」

「おれが相手されんの？」

「そう」

「そうって」

「いいから、ほら、座って座って」

コウダイくんがぼくの向かいに座る。さっきまでお母さんが座ってたとこだ。高校生とはいえ、初めて会う男の人。ちょっと緊張する。

マツイさんが言う。

「コウダイは？　もうごはん食べる？」

「まだいい。今食ったら夜にまた腹減っちゃう。お茶だけちょうだいよ」

「ちょうだいよじゃなくて。ほしいなら自分で入れる」

「え？　だって、おれ、高校生じゃん。高校生なら、まだ客でしょ？」

「そうだけど。あんたは食堂側の人間だから別。ほら、動く」

座ったばかりのイスから立ち上がり、コウダイくんはカウンターのほうへ行く。そして冷たいお茶を入れたカップを持って戻ってくる。またぼくの向かいに座り、言う。

「えーと、何だっけ、マキトくんか。よろしくね。おれ、コウダイ。マツイコウダイ。普通の松井に航空機の航に大きいで、松井航大。マキトくんのマキトは、どういう字？」

「牧場の牧に北斗七星《ほくとしちせい》の斗で、牧斗」とぼくは言う。

お母さんがいつも人にそう説明してたから、ぼくもそうするようになった。

「その漢字で牧斗。カッコいいな。おれも三文字名前がよかったよ」

「お母さんがつけた」

「そうか。いいのつけたね、お母さん」

「ぼくもそう思う」

「上は何？　名字」

「森下」

「森に、下？」

「そう」

「森下牧斗。マジでカッコいい。タレントみたい」

「お母さんもそう言ってた。牧斗がタレントになったら本名でいけるって」

「あ、ごめん」と航大くんは言う。「ごはん、食べて」

「うん」

ぼくはまず一口お茶を飲む。そしてお箸をつかむ。

「牧斗くんはさ、家、近いの？」

「近いよ。そこの都営アパート」

「あ、ほんとに近いんだ。そこだと、小学校はどこ？」

ぼくは小学校の名前を言った。

「おれも同じだよ。この辺てさ、学区が入り組んでるから、隣のブロックでもちがう学校だったりすんだよね。実際、ウチの向かいの人はちがう学校だし。でもそうか、牧斗くんのアパートはこっちだ。おれら、小学校から一番遠い辺りなんだね」

「うん。遠い」

「その代わり、中学は近いよね」

「うん。近い」

「だからって余裕こいてると遅刻するんだよ。遅刻って、距離の問題じゃないんだな」

「航大くんは遅刻してたの？」

「してた」

「ぼくもたまにするよ。お母さんが寝坊して」

「寝坊すんの？」

「うん」

「じゃあ、自分で起きないと」

「起きるけど、また寝ちゃう」

「わかる。二度寝の魔力には勝てないもんな。特に冬とかは。で、牧斗くんは今、何年生？」

「三年」

「じゃあ、えーと、おれの八コ下か。だったら、先生とかもほとんど変わってんな。担任は何先生？」

「町先生。女の先生」

「知らないわ。何歳くらい？」

「二十九歳」

「じゃあ、知ってるわけないか。おれがいたころはまだ大学生ってことだから。若い女の先生っていうのは、いいね」

「お母さんより一歳上」

「え、そうなの？」

「そう」

「若いんだね、お母さんも」

「若い」

「若いお母さんていうのも、いいな」

「うん。いい」

航大くんはお茶を一口飲む。そしていきなりこんなことを言う。

「仮面ライダー見てた？　というか、見てる？」

「見てる」

「牧斗くんだと、どの世代？　何見てた？」

「ジオウ。こないだ終わっちゃった」

「ジオウ。もう知らね〜。おれはキバくらいから見てたかな。そのあと、ディケイド、W、と続いて。フォーゼくらいまでは見てたよ」

「ぼくはドライブから見てた。お母さんも見てるよ。カッコいいって言ってる」

「あぁ。イケメン俳優がたくさん出てるからな。ライダー出身で成功する俳優も多いし。あれ、日曜の朝だからさ、起きてまず見ちゃうよね」

「見ちゃう」

「おれはそのために起きたりもしてたよ。休みだからほんとはまだ寝てたいのに。学校だと起きれないけど、ライダーだと起きれるんだよな」

「ぼくも起きるよ。お母さんは寝てるけど、録画したのを見る」

「おぉ。録画まで」

「でもすぐは見ないから、結構たまってる。それをまたぼくが見る」

「牧斗くんの歳のころ、ライダーの変身ベルトを持ってたよ。ほんとに変身できねえかなぁって思ってた」

「ぼくもフィギュア持ってる。ジオウの」

「おれも牧斗くんみたいに航斗ならよかったな。仮面ライダーコウト、とかいそうじゃん。というか、マキトもいそうだな。牧斗くん、イケメンだから、ライダー俳優になれるかも。おれは俳優は無理だから、ライダーそのものを目指すかな。仮面ライダーコウト。偏差値六十。そこそこの頭脳を持ったごくごく平均レベルのライダー。だから敵にも勝ったり負けたり。っていうのは、なかなか新しくない？」

「ライダーは負けちゃダメだよ。まあ、最後に勝てばいいけど」

「いや、最後も負けっていうのは新しいよ。負けて引退。部活みたいに。で、次のライダーに引き継ぐ。あとよろしく〜、来年がんばって〜って」

「そんなライダー、カッコ悪いよ」

「やっぱダメか。でも松井航斗はほんとにいいよ。今から変えらんないかな。ってそんなこと言ったら怒んだろうなぁ、母親」

「あの人？」と言って、ぼくはカウンターのなかにいる松井のおばちゃんを見る。

「うん。父親がリュウダイだからおれも航大になったらしいよ。母親がそうすすめたんだって」

「じゃあ、航大くんもやっぱりお母さんがつけたんだ。名前」

「そうだね。父親の大をもらってるけど、つけたのは母親」

「お父さんもここにいるの？」

「いや、いない。死んじゃったから。おれが小四のとき。今の牧斗くんより一コ上のときか」

「ぼくもお父さんはいないよ」

「そうなの？」

「そう」

「いつから?」

「初めから」

「あぁ。そうなんだ」

「でもお母さんがいるからいい」

「お母さんは、今日も仕事?」

「休みだけど仕事だって」

「いつも夜遅いの?」

「遅い。ぼくが寝てから帰ってくる」

「だから朝起きれないのか」そして航大くんは言う。「ごめん。何か変なこと訊いて」

「何が?」

「いや、お父さんのこととか」

「別に変なことじゃないよ」

「ならよかった」

今度はぼくが訊く。

「航大くんは、航大より航斗のほうがいいの?」

「うーん。航大も悪くないけど、航斗もいいよ。そういや、何年か前、サッカー選手でハイザワコウトっていたな。おっさんゴールキーパー。歳食ってたけど、結構カッコよかったよ。そう。だからそんときも、コウトって名前はいいなと思ったんだ」

「サッカー、やってるの？」

「やってた。中学まで」

「さっき言ってた、部活？」

「そう。サッカー部。ずっと控えのゴールキーパーだったよ」

「今はやってないの？」

「うん。高校ではとても無理。みんな、うまいんだよ。リフティングとか、右足でも左足でもポンポンやるし。おれ、小学校のときにドッジボールはうまかったからゴールキーパーならやれんじゃないかと思ったんだけど、これが全然。よく考えたら、おれがうまかったのはボールを捕るほうじゃなくてボールから逃げるほうだった。だから高校ではサッカー部に入らなかった」

「サッカーじゃないのを、何かやってるの？」

「いや、キタク部」

「キタク部？」

「何もしてないやつのことをそう言うの。授業が終わったら何もしないで帰宅するから、帰宅部」

「帰宅する人は、みんなその部に入るの？」

「そうじゃないよ。周りからそう言われるだけ。まあ、自分でも言うけど」

「ふぅん」

「牧斗くんは、中学生になったらやりたい部活とか、ある？」

「サッカー」と迷わず言う。

「そうか。じゃ、このままそこの中学に行けば、部でもおれの後輩になるわけだ」

「ぼく、ほんとは今からやりたい」

「そうなの？」

「そう。テレビでサッカー見て、好きになった。ライダーも好きだけど、サッカーも好き。テレビではライダーほどやってくれないけど」

「確かに、地上波ではほとんどやってくんないか。日本代表の試合くらいだもんな、今やるのは」

「去年、高校サッカーの準決勝を観に行った」

「マジで？」

「うん。東京の大会」

「あぁ。東京都の。近いのか、会場が」

「バスで行った。プロの試合は高いからこっちねってお母さんが言って。でも二試合観れたからよかった」

「そうか。準決勝だから、二試合あるんだ」

「それで、何かやってみたくなった」

「じゃあ、やんなよ。やるなら早く始めたほうがいい。おれは中学からだったから今イチだった。周りはみんな始めてたからさ、何か乗り遅れた感じだったんだよね。みんなのほうがうまいって、ずっと思ってた。それじゃうまくなんないよな。もっと小さいころからやってる子もいるだろうけど、小三なら遅くないよ」

「でも。お母さんに反対されるかも」

「言ってみた？」

「言ってみては、いない」

「じゃあ、言ってみな。ダメって言われてもいいじゃん。一度言ったらもう言えないわけじゃないし。ずっと言ってれば、そのうちお母さんも変わるかもしんない。言ってみるのは悪いことじゃないよ」

「うーん」とぼくは考える。

「やりたいんでしょ？　牧斗くんは」

「やりたい」

「じゃあ、言ってみればいいよ。って、中学でやめたおれが偉そうに言うことでもないけど。でもやめたおれだから言えることでもあるし。早く始めればうまくなるって、やめた高校生が言ってた。そう言ってみな」

「そしたらお母さん、その人を連れてきてって言うかも」

「マジで？」

「うん。お母さんなら言いそう」

「うーん」と航大くんも考える。「まあ、そのくらいはいいよ。おれが牧斗くんのお母さんに言うよ。別に変なことをすすめるわけじゃないし」

だいじょうぶかな、と思う。勝手にすすめないでよ、とか、お母さん、言わないかな。航大くんにならい、言わないか。ぼくをぶったわけじゃないし。歯医者でもないし。

「ベラベラしゃべっちゃってごめん。牧斗くん、ほんと、食べて。冷めちゃうから」

航大くんにそう言われ、ぼくはいつの間にか置いてたお箸をまたつかむ。

お箸をつかうのは、ちょっと苦手だ。ごはんでもフォークでいいのに、といつも思う。牧斗は食べるのが遅いとお母さんは言うけど、それはお箸のせい。そう言ったら、人のせいにしない、とお母さんは言った。人じゃないよ、お箸だよ。とも言ったら、もののせいにしない、と言い直した。

ごはん、みそ汁、サラダ、ハンバーグ。どれから食べようか迷う。

スーパーやコンビニの弁当を食べるときは、そんなに好きじゃないものからいく。お母さんもそうだ。本当に嫌いなものは残したりする。なのに僕には全部食べなさいと言う。お母さんは大人だからもう無理だけど、牧斗は子どもだからまだ嫌いなものも好きになれるの。って、それはちょっとズルいと思う。

このなかで一番おいしそうに見えるのは、さつまいも。ハンバーグの横に二つあるそれ。ハンバーグほどじゃないけど、大きい。ぼくはじゃがいもよりさつまいもが好きだ。じゃがいもはフライドポテトになってるとおいしいけど、それ以外だとそうでもない。

でもさつまいもはおいしい。焼きいものトロトロになってるとこは本当においしい。たまにお母さんがスーパーで買ってくるそれがモサモサだと、だまされたような気分になる。そんなときこそ、お母さんは文句を言ってほしい。

だから今日はさつまいもを最後に食べる。二番めにおいしそうに見える粒々のコーンがその前。やっとそう決める。

そこへまた松井のおばちゃんがやってくる。

「あら、牧斗くん、まだ食べないの?」

航大くんがこう返す。

「おれが相手をしてもらい過ぎた」

「何それ」

「牧斗くんが小学校の後輩だとわかったから、ついあれこれ訊いちゃったよ」

「あ、そうか。牧斗くんのおウチはこっち側なのね。航大と同じ学区だ」松井のおばちゃんはテーブルのお盆とぼくを交互に見て、言う。「牧斗くん、このハンバーグはね、お豆腐でできてるのよ」

「うそだぁ」

「うそじゃない。ほんと」

「これは豆腐じゃないよ。豆腐って、こんなふうにはならないよ」

「それがね、なるの。なっちゃうの。お肉のハンバーグよりちょっと白いでしょ?」

「うん。白い」

「それがお豆腐の証拠」

ハンバーグという言葉自体が肉を意味するのだと思ってた。肉じゃなくてもいいのか。

お母さんもハンバーグはつくれる。仕事が休みの日とかに、たまにつくってくれる。ほんとにたまに。でもこんなのはつくったことがない。いつもつかうのは肉だ。肉の細かいやつ。

ほかにお母さんがつくるのはカレーとスパゲティくらい。カレーは袋に入ったやつを温めるだけのときもある。でもおいしい。お母さんが温めるだけでおいしいと感じるから不思議だ。

ほんとのことを言っちゃうと、ぼくはお菓子が一番好き。お箸どころかフォークもつかわなくていいから楽だし。でもお菓子ばっかり食べてると大きくなれないとお母さんが言うので、ごはんも食べる。お母さんのごはんもおいしいけど、この食堂のごはんはその次においしい。

ここに来るのは、今日で二回め。何だかよくわからないまま、お母さんに連れてこられた。レストランみたいではあるけど、ちょっとちがう。お母さんも言ってたように、子どもはタダなのだ。

タダはすごい。それならこの辺に住む子どもたち全員が来ちゃいそうだけど、何故かそうならない。店はそんなに混んでもいない。

ごはんを食べてると、おばちゃんたちが話しかけてくる。松井のおばちゃんだけじゃない。いつもはカウンターのなかにいるおばちゃんたちまでもがそうする。

初めは驚いた。お母さんと行く牛丼屋とかハンバーガー屋とかで店の人がそんなふうに話しかけてくることはないから。

でもちょっと慣れた。おいしい？　と訊かれたら、おいしい、と答える。それを聞くと、ここの人たちはすごくうれしそうな顔をする。だからぼくもちょっとうれしくなる。

「さあさあ、冷めないうちに食べて」と松井のおばちゃんが言う。

家で一人で弁当を食べるときは言わない言葉。それをぼくは言う。

「いただきます」

言ってから、チラッと窓の外を見る。

ほら。もう暗い。これじゃ一人で歩けない。

午後五時半

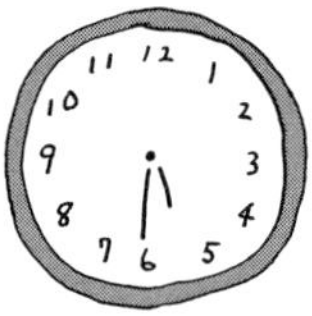

ごちそうさま

岡田《おかだ》千亜《ちあ》

午後五時半になると、空は暗くなる。でもだいじょうぶ。まだ一人で歩ける。住宅地だし、行く場所も近いから。

歩いて二分。マンションの敷地から出て一度右に曲がるだけ。帰りも暗いけど、こわくはない。道が細い分、周りの家は近いのだ。ということは、人も近い。大声を出せば、その人たちの耳には届くだろう。そんな安心感がある。

何かあったらすぐに大声を出すよう、お父さんには言われてる。いつも意識しておかないと、いざというときに声を出せないのだそうだ。そうかもな、と思う。確かに、学校の音楽の時間にうたをうたうときも、初めは声を出すのをためらったりする。

一戸建てにアパートや小さなマンションが交ざる住宅地を歩き、角を右に曲がる。

電柱にくくり付けられた看板が見える。そこにはこう書かれてる。

じてんしゃ　スピードおとせ！

命令だ。スピードおとせ！　は赤い文字。

こんなに細い道なのに、スピードを出して自転車に乗る人は結構いる。ぶつかったらあぶないなと、見るたびに思う。これもお父さんに言われてる。千亜も自転車に乗るときは気をつけるんだよ。自分が歩いてるときも気をつけるんだよ。

わたしは自転車を持ってるけど、そんなには乗らない。それで遠くに行くこともほとんどない。せいぜい、休みの日にお父さんと駅の向こうの中央公園に行くくらい。お父さんが忙しいから、最近はあまり行ってない。

道をまっすぐ進み、すぐに目的の場所に着く。クロード子ども食堂だ。

前はカフェだった。前も前。わたしが保育園にいたころ。一度千亜を連れていったことがあるとお父さんは言うけど、わたしはよく覚えてない。そう言われればそんな気もする、というくらい。

わたしが小学校に上がったころには、店はもうやってなかった。ただ、建物はそのまま残ってた。美容院とかがよくそうなってるみたいに。

それがこの夏からまた開くようになった。今度はカフェではない。子ども食堂。ずっと店のドアのわきに寝かされてたカフェの看板に代わり、その看板が立てられた。

初めは何だかよくわからなかった。まず、子ども食堂、の意味がわからなかった。

マンションのポストにそのチラシが入ってた。学校から帰ったわたしがそれを見て、仕事から帰ったお父さんに見せた。

「へぇ。あのカフェでやるのか」とお父さんは言った。

子ども食堂が何なのかも教えてくれた。家庭の事情で満足にごはんを食べられない子どもにごはんを食べさせるところだという。

このときはその説明を聞いただけで終わった。

でも何日かして、お父さんがわたしに言った。

「千亜、そこ行ってみるか?」

正直、あまり行きたくはなかった。それだったら、いつものように一人でテレビを見ながらお弁当を食べてるほうがいい。

　お父さんはさらに言った。

「きちんとした料理を出すみたいだし、千亜にごはんを食べさせてもらえるならお父さんもたすかるから。そこなら近いしな」

　言い方の感じから、お父さんが本当に行かせたがってるのだとわかった。

「そういうとこに行くのは、いやか？」

「いやじゃないよ」と答えた。「行く」

　一回めは夏休み。お盆の前くらいだった。

　お父さんはその日も仕事だったけど、どうにか早く帰ってきて、わたしを連れていった。そこは午後八時まで。七時すぎに行き、二人でごはんを食べた。わたしは無料。お父さんは三百円を払った。

　お父さんは言った。

「ちゃんとしてるな。大人は無料じゃないといったって、社食より安い。これなら毎日食べたいくらいだよ」

　確かに、思ったよりはよかった。店が元カフェだというのもよかった。おしゃれな感じがした。カフェの名前がクロードだったからクロード子ども食堂になったらしい。松井さんという食堂の人がそう話してくれた。四十代くらいの女の人だ。

「ここなら来るよ」とわたしは自分からお父さんに言った。どうだ？　とお父さんに言わせるよりはいいと思って。

　ここが子ども食堂になるのは月二回。第二木曜日と第四木曜日。今日は十月十日の木曜日。わたしは初回から来てるから、五回め。

　外の立て看板を見る。今日のメニューは、あんかけふっくらとうふハンバーグ。

　わたしは木のドアを開け、なかに入っていく。

　ナギホちゃんと呼ばれてる受付の人が言う。

「いらっしゃい。こんにちは」

　暗いからこんばんはでもいいのかな、と思いつつ、わたしは同じ言葉を返す。

「こんにちは」

　もう顔なじみではあるけど、一応、カウンターで名前と連絡先を書く。連絡先は、わたしが持たされてる子ども用スマホの番号ではなく、お父さんのスマホの番号。頂いた情報は子ども食堂以外のことには利用しませんのでご安心ください、と最初のときに松井さんがお父さんに説明してた。

　その松井さんが寄ってきて、言う。

「千亜ちゃん、こんにちは。いや、もうこんばんはか」

「こんばんは」

「今日も一人？　お父さんがあとから来る？」

「来ないです」

「じゃあ、帰りは送っていくわよ」

「だいじょうぶです」

「でも、ほら、今は六時でも真っ暗だから」

「近いから、一人で帰れます」

「ほんとにだいじょうぶ？　こわくない？」

「こわくないです」

「すごいね。おばさんが今の千亜ちゃんぐらいのときは夜道がこわくてしかたなかった。と言いつつ、もう歳だから、そのころのことは忘れかけてるけど。さて、どこに座ってもらおうかな」

　今日はこの時間でもお客さんがぽつぽつといる。たまたまかもしれない。増えてるのかもしれない。

「ここ、よかったらどうぞ」

　そう言って、窓際のテーブル席に座ってた男の人がお茶のカップを手に立ち上がる。初めて見る高校生くらいの人だ。ごはんを食べてたわけではない。ただ座ってただけ。ここの人かもしれない。

　と思ったら、松井さんが言う。

「おばさんの息子。コウダイ」

「どうも。バカ息子です」

「何言ってんのよ、バカ」

「ほら、バカじゃん」

「千亜ちゃん、ごめんね。相席になっちゃうけど、座って」

松井さんにそう言われ、わたしはテーブル席に座る。

そのとき、ドアが開き、男の子が一人で入ってくる。

「あ、フユマくん」と松井さんが声を上げる。「来てくれたの？ ありがとう」

スズヒコくんと周りから呼ばれてるイケメンの人がすぐに寄っていき、言う。

「おぉ。フユマくん。いらっしゃい」

受付のナギホさんも続く。

「いらっしゃい。こんにちは」

たぶん、広橋冬真くん。わたしと同じ学校。一つ下の三年生だ。今日は何だかやけに歓迎されてる。

今わたしの向かいに座ってるのも男の子。顔は見たことがない。隣の学校の子だろう。

「こちらはマキトくん。こちらは千亜ちゃんね」と松井さんがそれぞれに紹介する。「四年生だから千亜ちゃんがお姉ちゃんになるのかな。じゃあ、ちょっと待ってね。すぐ用意する」

マキトくんはもうごはんを食べてる。お箸のつかい方があまりうまくない。子ども用の短いものなのに持て余してる。お箸を右手と左手に一本ずつ持ってハンバーグを切ってる。というか、割いてる。解剖とか、そんなことをしてるような感じ。

チラッとこちらを見るので、尋ねる。

「三年生？」

「そう」

わたしは自分の学校名を言い、こう続ける。

「そこじゃないよね？」

「じゃない」

マキトくんも自分の学校名を言う。やはり隣の学校だ。

この店の前の道で学区は変わる。マキトくんが行ってる学校のほうが、わたしの家からはちょっと近い。道一本のちがいで、わたしは今の学校に行くことになった。

「中学では一緒になるね」とマキトくんに言う。

「うん。中学に行ったら、ぼく、サッカー部に入る」

「もう決めてるの？」

「そう。さっき決めた」

「わたしは、どうしようかな」

そんなの考えたこともなかった。中学に行くのは二年半も先。そこにどんな部があるのかも知らない。バスケットボールとかバレーボールとか、そういうのはあるだろう。あとは、卓球とか陸上とか。運動部じゃないなら何だろう。吹奏楽部、くらいしか思い浮かばない。

そこでふと思う。バドミントンは？

自転車で行ってた中央公園で、お父さんとやったのだ。お母さんとも何度かやった。千亜はうまいな、とお父さんに言われた。わたしはお父さんよりは下手だったけど、お母さんよりはうまかった。

うん。バドミントンはいいかもしれない。やってて楽しかった。外だとシャトルがどうしても風に流される。風がなきゃもっと楽しいのに、と思った。中学なら体育館のなかでやれるだろう。バドミントン部。あればいい。

そしてわたしはマキトくんに尋ねる。

「マキトって、どういう字？」

マキトくんはスラスラ答える。

「牧場の牧に北斗七星の斗」

「北斗七星。おおぐま座だ」

「何それ」

「星座」

「そうなの？」

「そう。知らないで言ってたの？」

「知らないで言ってた」

「熊みたいに見えるから、おおぐま座。そのなかの七つの星が北斗七星」

「へぇ」

「わたしは、千亜」

「チア」

「岡田千亜」

「ふぅん」と牧斗くんは言う。

漢字の説明はしない。興味はなさそうだから。

そこへ、スズヒコさんがお盆を持ってやってくる。

「はい。お待たせ」とそれをわたしの前に置く。「おみそ汁、熱いから気をつけてね」

「はい」

スズヒコさんは牧斗くんにも言う。

「おいしい?」

「おいしい」

「よかった。ゆっくり食べてね」

「うん」

スズヒコさんは去っていく。そして一人でテーブル席にいた小学一年生くらいの男の子に声をかける。松井さんがケンショウくんと呼んでた子だ。

牧斗くんは、本当にゆっくり食べる。給食でもそんなことをしてたらお昼休みが終わっちゃうだろう、というくらいにゆっくりだ。

わたしは小声で訊いてみる。

「おいしい?」

本当においしい？　という意味だ。

「おいしいよ。ぼくは何でもおいしい」

「嫌いなもの、ないの？」

「あるよ。しいたけとにんじんとピーマンと、あと、ブロナントカ」

「ブロ」わたしは考えて言う。「ッコリー？」

「それ。キャベツの芯みたいだから嫌い」

「いっぱいあるじゃない。嫌いなもの」

「いっぱいはないよ。それだけ。あとは全部好き。お菓子とか、アイスとか」

「お菓子もアイスもごはんじゃないよ」

「でも好き。嫌い？」

「嫌いではないよ。わたしも好き」

「ぼくハイチュウ好き」

「ハイチュウはわたしも好き」

「ぼくグレープ」

「わたしストロベリー」

「果汁グミも好き。ぶどう」

「わたしはいちご」

「あとはたけのこの里も好き。たけのこの本物はそんなに好きじゃないけど、里は好き」

「わたしはきのこの山が好き。本物のきのこも山も好き」

　こんなふうに歳下の子と話すのは楽だ。歳上、というか大人と話すのは、ちょっと緊張する。苦手と言っていいかもしれない。何を話していいかよくわからないのだ。だから、大人が話してほしそうなことを話す。

　さっきの牧斗くんみたいに、おいしい？　と大人に訊かれたら、おいしい、とわたしも答える。大人がその答を望んでるからだ。でも今の牧斗くんみたいに自然とはやれない。どこかぎこちなくなってしまう。

　大人が苦手になったのは、お父さんとお母さんが離婚したからかもしれない。最近そう思うようになった。

　わたしは今住んでるこの町で生まれた。お父さんは岡田友興《おかだともおき》。お母さんは春美《はるみ》。三人で暮らしてた。わたしが生まれる少し前に、お父さんとお母さんが今のマンションに移ったのだ。

　わたしは十歳。はっきりした記憶があるのは四歳くらいから。

　そのころ、お母さんは大型スーパーで働いてた。店は、わたしたちがいつもつかう電車の駅とはちがう線の駅にあった。だから、そんなに遠くはないけど、行くのには時間がかかった。

　お母さんはそこの化粧品売場で化粧品を売ってた。わたしが生まれる前にも同じ仕事をしてたらしい。そのときはもっと大きな店にいた。でもその店ではもう働かせてもらえなかった。保育園児だったわたしの送り迎えなんかがあったからだ。

　よく自分で口紅を買ったりもしてた。千亜ちゃんお化粧してあげる、とわたしの唇に塗ってくれたこともある。塗られた自分を初めはおばけみたいだと思ったけど、そのうち、おばけではないな、と思うようになった。お母さんもきれいだと言ってくれた。

お母さんはその仕事を、わたしが小学一年生のときにやめてしまった。周りの人とうまくいかなくなってしまったらしい。そんな話をお父さんとしてるのを何度か聞いた。

次の仕事をするのかと思ったら、しなかった。たぶん、探しもしなかったはずだ。スーパーとかコンビニとかでは働きたくない、とこれもよくお父さんに言ってた。

お母さんが家にいるならそれでいい、とわたしは思ってた。ただ。仕事をやめて、お母さんは変わった。本当にいつも家にいるようになったのだ。出るのは週に一、二回、駅前のスーパーに行くときだけ。

家では何をしてたかと言うと。お酒を飲んでた。わたしが学校から帰ったときにはもう飲んでることもあった。化粧はしなくなったし、わたしにしてくれることもなくなった。料理も、だんだんつくらなくなった。

お母さんがつくるエビグラタンがわたしはとても好きだった。プリップリでちょっと大きめのエビがたくさん入ってた。そこにチーズがトロ～リかかってもいた。ハフハフ言いながら食べた。なかなか冷めないので、食べ終えるのに時間がかかった。

それが食べたいと言うと、お母さんはスーパーで冷凍食品のグラタンを買ってきた。おいしかったが、エビは小さかったし、チーズはそんなにトロ～リしてなかった。お母さんがつくって、と言ったら、グラタンはめんどくさいからいや、と言われた。

そしてお母さんはお父さんとよくケンカをするようになった。

わたしにしてみれば、悪いのはお母さんだった。ずっと家にいるのにごはんをつくらないのだから、お父さんだって文句を言いたくなる。ごはんをつくらない代わりに宅配ピザを頼んだりしたからそこはそんなにいやでもなかったけど、お父さんはいやがった。そんなふうにお母さんがお金を無駄づかいするのをいやがったのだ。

仲が悪くなった初めのころ、お父さんとお母さんは顔を合わせるたびにケンカをしてた。一年くらいでそれは収まった。よかった、とわたしは思った。でも期待してたのとはちがった。お父さんとお母さんは何も話さなくなった。お互いをいない人みたいに扱うようになった。家にいても、無言ですれちがうのだ。

そうなってからは、一年もたなかった。きっかけをつくったのはわたしだ。

学校から帰ってくると、いつものようにお母さんがお酒を飲んでた。グラスに入ってるのが透明な液体だったから水かとも思ったけど、ちがった。お母さんのもつれたしゃべり方でちがうのだとわかった。

お母さんはわたしに話しかけてきた。千亜が生まれたころはよかったとか、生まれる前もよかったとか、そんなようなことを言った。

わたしは聞き流した。生まれる前もよかったということは、わたしが生まれてこないほうがよかったということなのかな。そんなことを思いもしたが、訊き返しはしなかった。お酒に酔ってるお母さんなら、そう、とあっさり言いそうな気もしたから。

何を言われても、うん、とか、まあ、とか適当なことを言って、わたしはやり過ごそうとした。

それが不満だったのか、お母さんはいきなりこんなことを言った。

「千亜はお父さんみたいになっちゃダメよ」

意味がわからなかった。でもその言葉は耳に残った。というか、食いついた。聞き流すことはできなかった。

言った。

「わたしはお母さんみたいになりたくない」

お母さんは固まった。でもそれは一瞬。すぐに動いた。

動いたのは口じゃない。手。

わたしは頰をぶたれた。ビンタだ。

ビシャン！　とかなり大きな音がした。音は耳の内側からも聞こえ、外側からも聞こえた。

そんなのは初めてだったから、わたしは驚いた。叩かれた痛みよりはその驚きで、ぶわっと涙が出た。自分の部屋に行き、枕に顔を埋めて泣いた。声は出さなかった。それをお母さんに聞かれるのはいやだったのだ。

夜。仕事から帰ったお父さんにそのことを話した。昼からずっと酔ってたお母さんはもう寝てた。言いつけるみたいになってしまったが、しかたない。その日のうちに話さないと、伝わり方が変わってしまうような気がした。

そうか、とお父さんは言った。ごめんな、千亜、とわたしに謝りもした。その場でお母さんを悪く言いはしなかった。そこでもお母さんをいない人のように扱った感じだ。

お父さんは落ちついてたから、そのまま何も変わらないんだろうと思ってた。でも何日かして、お父さんはわたしに言った。

「千亜、お父さんと二人で暮らそう」

そこからはもう早かった。お父さんとお母さんは離婚し、お母さんが家を出ていくことになった。

最後の何日か、お母さんはもうそこにわたしもいないかのように一人でお酒を飲んだ。話しかけてくることはなかった。わたしがお父さんに言いつけたことを怒ってるのだろう。そう思った。

でも本当に最後の日、お母さんは別れ際にこう言った。

「千亜、叩いてごめんね」

お母さんは福井県の実家に帰っていった。昔住んでた家だ。そこにはおじいちゃんとおばあちゃんがいる。わたしも行ったことがある。たぶん、もう行くことはない。

お父さんとお母さんは、そんなふうに離婚した。それが二年前のことだ。

親が離婚すると、子どもはたいていお母さんに引きとられる。離婚の原因がお父さんにあることが多いからなのか、お父さんでは子どもを育てられないからなのか、それはよくわからない。

とにかくお母さんと二人で暮らすことになる子のほうが多い。

そうなると、子どもの名字は変わる。お母さんのもとの名字に変えるのだ。それを旧姓と言うらしい。

親が離婚した子は、学校にも何人かいる。例えば同じクラスの池原仁輔《いけはらじんすけ》くんは、四年生になる四月に名字が変わり、その池原になった。三年生までは須貝《すがい》仁輔くんだった。

須貝くんとは一年生からずっとクラスが同じ。だから、池原くん、にはまだ慣れない。今もたまに須貝くんと言ってしまいそうになる。急に呼びかけるときなんかは特に。

わたしはお父さんに引きとられたので、岡田のままでいられた。お母さんの旧姓の平尾《ひらお》になることはなかった。よかった。何よりもまず、転校しなくてすんでよかった。

離婚が決まったあと、ここに住みつづけてもいいか？　とお父さんに訊かれた。いいよ、とわたしは答えた。この家にはもういたくないとわたしが思う。お父さんはそう考えたみたいだった。でもわたしにそんな気持ちはなかった。お母さんが嫌いになったわけではないのだ。

だから、わたしとお父さんは今も二人でそのマンションに住んでる。お母さんとは一度も会ってない。会いたいとわたしがお父さんに言えば会えるのかもしれない。今はまだ言わない。わたしがお父さんにお母さんのことを言いつけたのに、会いたいなんて言うのはズルい気がするから。

お父さんは、今も変わらず朝から晩まで働いてる。勤めてるのは、玄関のドアとか家のなかのドアとかをつくる会社だ。そういうのを建具《たてぐ》というらしい。

借りてるマンションだと難しいけど、もし一戸建てを買うなら、そのときは注文してお父さんの会社製のドアを付けたりもできるよ。木でできてるのに火に強いドアとか、そういうのもあるんだぞ。

お父さんはそう言うけど、わたしたちが一戸建てに住むのは難しそうだ。東京は土地が高いから一戸建ては買えないと聞いたことがある。それにウチは、お父さんのほうのおばあちゃんにもお金がかかるのだ。

おばあちゃんは、特養という施設に入ってる。歳をとって身のまわりのことをするのが難しくなった人が入るところだ。

それは隣の県にある。お父さんはたまにおばあちゃんに会いに行く。わたしを連れていくこともあるし、連れていかないこともある。まだお父さんと結婚してたとき、お母さんはあまり行きたがらなかった。そのことも、お父さんとお母さんがうまくいかなくなった理由の一つにはなってるみたいだ。

おばあちゃんは、わたしが保育園児だったころからそこに入ってた。わたしが自分の孫であることは、もうわからないらしい。でもわたしが生まれたときはちゃんとわかってたそうだ。

お父さんは四十一歳。おばあちゃんは八十二歳。四十二歳のときに、おばあちゃんはお父さんを産んだ。

元気なころのおばあちゃんと話をしてみたかった。お父さんが小さかったときのことを聞いてみたい。その記憶はおばあちゃんから消えてなくなったわけではないだろう。たぶん、どこかずっと奥にしまいこまれて取りだせないだけなのだ。そう考えると、余計悲しくなる。

そんなわけで、お父さんはとにかく大変。土曜日に仕事に出ることもあるから、日曜日に掃除とか洗濯とかを一気にやる。買物もまとめてする。

肉や魚を焼く程度だけど、料理だってする。得意なのは肉野菜炒めだ。肉と野菜とこしょうの味しかしない。でもおいしい。もうちょっと落ちついたら料理教室に通ってきちんとしたものをつくるからな、とお父さんはわたしに言ってる。ただ、料理教室に行く時間まではつくれないと思う。行ったとしても、お母さんのあのグラタンまではつくれないと思う。

だからわたしもなるべく無理は言わない。手伝えることは手伝う。毎日の晩ごはんは自分で買う。毎朝お父さんとわたしが食べる食パンを買う係もわたしだ。

お父さんとわたしが一枚ずつ食べるので、六枚切りの食パンは三日でなくなる。だからわたしは三日ごとに食パンを買う。消費期限の表示は慎重に見る。スーパーの棚の奥を探り、期限内に食べきれるものを買う。一日ぐらいはだいじょうぶだよ、とお父さんは言うけど、そこはがんばる。

そんなふうに、わたしはできることをやる。子ども食堂にも行く。お父さんがわたしを行かせたいのだから、行く。

いただきますを言って、わたしは晩ごはんを食べる。

豆腐ハンバーグ。学校の給食でたまに出るような気がする。でも献立表に載ってるのを見るだけ。これがそうと意識して食べるのは初めて。もとが豆腐だからか、見た目がちょっと白い。

お箸で小さくしたその一切れを食べる。

向かいの牧斗くんに訊かれる。

「おいしい？」

「うん。おいしい」と答える。

それを聞いてたのか、松井さんがスルスルッと寄ってきて言う。

「千亜ちゃん、ほんと？」

「ほんとです」とわたしは返事をする。大人が望むいい返事、だ。「ほんとにおいしいです。豆腐なのに、お肉みたい」

「お肉をちょっと入れてつくる場合もあるんだけど、今日のこれはお肉なし。ノー挽肉《ひきにく》。だからね、カロリーもそんなに高くないの。体にいいのよ。スタイルを気にする女の子も安心。千亜ちゃんは、気にしなくてだいじょうぶだけど」

「だいじょうぶじゃないです。ちょっと体重が増えたし」

「いいのよ。小学四年生でしょ？ それは成長してるってこと。今、体重が増えなかったらダメ。おばさんぐらいになると増えないほうがいいけど。でも増えちゃうけど」

「おばちゃん、そんなに太ってないよ」と牧斗くんが言う。

「あっ、そんなにって言った」と松井さんが笑う。「ちょっとは太ってるってこと？」

「うん。ちょっとは太ってる」

「あらら。ストレートにそんな。牧斗くん、学校で女の子にそんなこと言うのはなしよ。男の子にもなし」

「言わないよ。知ってるもん。デブにデブって言っちゃダメって、お母さんも言ってる」

「うーん」松井さんはさらに笑って言う。「言い方はちょっとあれだけど、まあ、正しいか。とにかく、千亜ちゃんもハンバーグを気に入ってくれたんならよかった」

「ほんとにおいしいです」とわたしは言う。ほんとに、を付けてしまう。本当においしいから。

「わたし、お肉のハンバーグよりこっちのほうが好きかも」

「おぉ。うれしい。といっても、これはおばさんがつくったわけじゃなくて、カウンターのなかにいるあの女の人がつくったの。ツジグチさんていう人。千亜ちゃんがおいしいと言ってくれたって言っておくね」

おいしいと言うと、こんなふうに大人は喜ぶ。だから、本当においしいとわたしはたすかる。本当においしいなら、おいしいと普通に言えるから。

「千亜ちゃん。ハンバーグって、何でハンバーグって言うか知ってる？」

「知らない」

「牧斗くんは？」

「肉だから」

「ブブー」と松井さんは言う。不正解です、の、ブブー、だ。「ドイツにハンブルクっていう町があってね、そこを英語ふうに言うとハンバーグなの。それで、ハンバーグ」

「ドイツ代表！」と牧斗くんが意味不明なことを言う。

「そう。そのドイツ。十八世紀だったかな。だから三百年ぐらい前にそのハンブルクっていう町で生まれて、世界じゅうに広まったんだって」

「三百年。ぼく生まれてない」

「おばさんも生まれてない。日本で広まったのは、六十年ぐらい前からみたい。六十年でもすごいよね」

「ぼくやっぱり生まれてない」

「おばさんも、どうにか生まれてない。でも確かに、おばさんが子どものころ、レトルトのハンバーグはもう当たり前にあったわ」

「ぼくレトルトのカレー好き」

「あぁ。カレーも、レトルトのはおいしいよね。おばさんが家でつくるのよりおいしかったりする。さっきのコウダイ。あの子も、おばさんが朝から時間をかけてじっくりつくったカレーよりレトルトのほうがうまいなんて言うからね。失礼しちゃうわよ。千亜ちゃんも、カレーは好き？」

「好き」

「カレーを嫌いな人はいないか。大人でも子どもでも。じゃあ、次回のメニューはカレーにしようかな。子ども食堂なら一度はやっておかなきゃね。カレーにしたら、牧斗くん、また来てくれる？」

「来る」

「千亜ちゃんは？」

　わたしは牧斗くんをまねて言う。

「来る」

「よし。じゃあ、次はカレー。よかった。二人のおかげでメニューが決まった。どんなカレーにしよう。スープカレーとかにして、ちょっとカッコつけちゃおうかな」

「ぼく普通のカレーがいい」

「カッコつけなくていいの？」

「いい」

「そうか。じゃあ、わからないようにカッコつけるわよ。食材とかでカッコはつけるけど仕上がりは普通のカレーにする。もしその日の給食もカレーだったらごめんね」

「ぼく夜もカレーでいい」

「わたしも」と自分から言う。

「あ、でも給食の献立ぐらいは、学校に訊けば教えてくれるか。まさかそれを個人情報とは言わないでしょ。クロード子ども食堂ですって言えば、教えてくれるわね。それでいこう。千亜ちゃんと牧斗くんの学校の給食がその日カレーじゃなかったら、カレー」

「あっ」とわたしが言い、

「ん？」と松井さんが言う。

「牧斗くんとわたし、学校がちがう」

「あぁ。そうかそうか。学区がちがうのね。了解。どっちにも確認します。ちゃんとメモしとかなきゃ。おばさんはもうおばさんだから、いろいろ忘れちゃうのよ。最近、自分の誕生日も忘れちゃう」

「ほんとに？」とわたし。

「うん。日にちそのものは忘れないけど、その日が誕生日だってことをコロッと忘れちゃうの。今日誕生日じゃん？　てコウダイに言われて思いだしたりね。いやんなっちゃう。若い千亜ちゃんと牧斗くんがうらやましい。邪魔してごめんね。千亜ちゃん、食べて食べて」

そう言って、松井さんは寄ってきたときと同じようにスルスルッと去っていく。

クロード子ども食堂。初めはちょっと緊張した。お父さんと二人で来たときも緊張したけど、次に一人で来たときはもっと緊張した。家から二分歩く途中で、やっぱりやめようかと思ったくらいだ。でもやめるのをやめた。メニューは何だったかとお父さんに訊かれたら、答えられないから。

ただ、外の看板にメニューが書かれてるのを見て、あ、これを覚えて帰ればいいのか、と気づいた。あとはおいしかったと言えばそれですむ。そう思ってたら、なかからドアが開いて、松井さんが顔を出した。そして、いらっしゃい、と言ってくれた。それで引き返せなくなり、そのまま入ってしまった。

その次もまた緊張はしたけど、行くのをやめようとは思わなくなった。その次はもう、何も考えずに行けた。今回は、メニュー何かな、と考えられるようになった。慣れたのだ、たぶん。

前々回のメニューは、魚と煮物だった。魚はいわし。小骨が多いので食べづらかった。見てると、残す子も結構いた。煮物は大根とこんぶとちくわ。おでんみたいだったけど、わたしが好きな玉子はなかった。

前回は、ピーマンの肉詰め。これはすごくおいしかった。お肉がたっぷり詰まってて、ピーマンの苦味はほとんどなかった。でもやっぱり残す子もいた。わたしのななめ前に座った男の子は、お肉だけをくりぬいて食べてた。残されたヘナヘナのピーマンが何だかかわいそうになった。

それを見て、松井さんもちょっと残念そうな顔をした。その子が帰ったあと、千亜ちゃんはピーマンも食べてくれてありがとうね、と言った。どう返事をしていいかわからなかった。ありがとうを言うべきなのは、タダでごはんを食べさせてもらってるわたしだから。

ここは不思議な場所だ。元カフェなので、外から見たらお店。なかに入って見ても、お店。でもお店のようでお店じゃない。お店なら、店員さんは気軽に話しかけてこない。お客さんのほうが偉い、みたいになってしまう。だからって、食堂の人たちが偉ぶってるわけでもない。もしそうなら、誰も来ないだろう。牧斗くんも来ないだろうし、わたしも来ない。お父さんだって、わたしを行かせないと思う。

話しかけられはするけど、わたし自身が話したくなければ話さなくていい。ほっといてもらえる。そんな感じもある。そういうのをひっくるめて、わたしみたいな子どもも一人でも安心していられる。

今、お客さんはわたしが来たときより増えてる。いつの間にか何人もいる。

松井さんの子どものコウダイさんは、男の子と同じテーブル席に座ってる。わたしと同じ学校の男子。名前は知らないけど、顔は知ってる。たぶん、わたしより一つ上。五年生だ。仮面ライダーがどうのとコウダイさんは言ってる。

高校生なのに仮面ライダーが好きなのかな。そう思い、つい一人で笑ってると、牧斗くんの肩越しに、別のテーブル席に座ってるおじいさんと目が合う。よく見かける人だ。前回も前々回も見たような気がする。

わたしが一人で笑ってたからか、そのおじいさんも笑う。軽く頭を下げてくれるので、わたしも下げ返す。そういうのを会釈と言うのだ。言葉はつかわないあいさつ、みたいなもの。学校の廊下であまりよく知らない先生にするみたいなあれ。

おばあちゃんは特養にいるけど、わたしはおじいちゃんを知らない。福井のおじいちゃんは正式にはもうわたしのおじいちゃんではないから、わたしにおじいちゃんはいない。お父さんのほうのおじいちゃんは、わたしが生まれる前に亡くなってるのだ。

だからそのおじいちゃんのことは何も知らないけど、亡くなってるのは悲しい。特養のおばあちゃんが亡くなれば、知ってる分、もっと悲しいだろう。福井のおじいちゃんやおばあちゃんが亡くなれば、ちゃんと話したことがある分、もっともっと悲しい。

もしかしたら、今そこにいるおじいさんが亡くなったとしても、わたしは悲しいかもしれない。だって、同じ時間に子ども食堂でごはんを食べる関係にはなったんだから。

豆腐ハンバーグを食べ、ごはんも食べ、おみそ汁を飲む。

前回のピーマン肉詰めもおいしかったけど、今日の豆腐ハンバーグはもっとおいしい。よく考えたら。来るたびにおいしくなってるような気がする。わたしが慣れたのかもしれない。この場所とこの味に。

牧斗くんのほうがわたしよりずっと先に食べはじめたのに、食べ終わりはほとんど同じ。牧斗くんは話をすると完全に手を止めてしまうからそうなった。

「食べるの速いね」

「牧斗くんが遅いんだよ。学校の給食もそんなにゆっくり食べるの？」

「給食は速いよ。急いで食べて、校庭でサッカーする。だからクラスで一番か二番にごちそうさまを言うよ」

そのあたりは男の子だ。食べることより遊ぶことを優先する。

「ちゃんとごちそうさまを言うんだ？」

「言うよ。言えって先生が言う。言わないと席立っちゃダメなの」

わたしのクラスは、みんなでいただきますを言って、みんなでごちそうさまでしたを言う。食べ終わる時間はそれぞれちがうから、いただきますから十五分くらい経ったところで、ごちそうさまも言ってしまうのだ。食べ終えてない子は、そのあとも食べる。変だなぁ、とは思うけど、学校だからしかたない。

ごちそうさま、という言葉は好きだ。

でも、まだ三人で住んでたころ、お母さんが料理をつくらなくなってから、あまり言わなくなった。わたしが言わないことについて、お母さんも何も言わなくなった。お父さんさえ、あまり言わなくなった。お母さんは家にいるのにわたしが一人でごはんを食べることも多くなった。そうなるともう、言いようがないのだ。

だからここに来て、堂々とごちそうさまを言えるのはいい。

さまが付く言葉がわたしは好き。お日さま。お月さま。神さま。仏さま。太陽と言うよりはお日さまと言いたいし、月と言うよりはお月さまと言いたい。

なかでも一番好きなのはやはり、ごちそうさまかもしれない。

ちょうど通りかかった松井さんに、わたしは言う。

「ごちそうさま」

松井さんはこう返す。

「まだまだ。このあとデザートがあるから」

「あ、バナナのケーキ」

「そう。これから焼くから、ちょっと待っててね」

松井さんが行ってしまうと、わたしはふと思ったことを牧斗くんに言う。

「そういえば。もう暗いけど、誰か迎えに来るの？」

「来ない」

「お母さんは？」

「休みだけど仕事」

「今どこにいるの？」

「どっか」

午後五時五十五分

お元気で

白岩《しらいわ》鈴彦《すずひこ》

「ありがとうございました」とレジの女性に言われ、

「どうもです」と返す。

初めて自分でトマトを買った。スーパーに来たこと自体が久しぶりだ。いつもはコンビニですませてしまうから。

四個パックで三百二十一円。高いのか安いのかよくわからない。十個ぐらい買ってきて、と波子さんに言われたので、一応、三パック買った。お金は千円渡されている。あとでレシートと一緒にお釣りを返す。

今日は前回よりお客さんが多そうだから、間に合うとは思うけど念のため。波子さんはそう説明し、こうも言った。ウチの庭に自転車があるから、よかったらつかって。

松井家は、クロード子ども食堂から五十メートルも離れていないところにあるのだ。

でもさすがにそれは遠慮した。顔を知らない二十一歳の男が勝手に庭に入り、自転車を拝借。近所の人が見たら泥棒だと思うかもしれない。

ということで、徒歩なら十分弱のスーパーに、小走りの五分で行った。今はその帰りだ。小走りよりやや速度を落とした、早足。

今日はこれまた初めて、通う大学も歳も同じ木戸さんと、ある程度個人的な話をした。そして、怒らせてしまった。木戸さんは、何というか、僕みたいな者がボランティアをやることを快く思わなかったらしい。

だから、自分が恵まれてると思うならそれを周りに還元するよう父に言われているのだと言ってしまった。父のことを、少しよく言った。

そのようなことを確かに父は言ったのだが、ニュアンスは微妙にちがった。いや、微妙にちがうどころではない。真逆だったかもしれない。

正しくは、こう言ったのだ。自分が恵まれてると思うならそれを活かす努力をしろ、と。息子なりに解説をすれば。元手を活かしてもっと儲けろ、という意味。

そう強くではないが、ボランティアなんて無駄なことはやめろ、とも父は言った。

でも僕は今なおやっている。

正直に言うと、そこまで崇高《すうこう》な気持ちはない。やってみて、楽しいと思えたから続けている。楽しさは、何かをやるのに充分な動機になるのだとわかった。

今日は、芹《せり》の誕生日。

本当なら、明日、二人で誕生祝をするつもりでいた。結局はキャンセルしたが、ディナーの予約まで入れていたのだ。

コースが一万円のフレンチレストラン。子ども食堂でボランティアをする身ではあるが、自分のアルバイト代から出すのだからいいだろうと思い、そこにした。

誕生祝は、今日でなく、明日。今日はこのボランティアがあるから明日にしてほしいと僕が頼んだ。

芹も一度は承諾した。が、三日前の月曜日に言ってきた。

もうわたしいやだ。ボランティアとかそういうの、ほんとにやめてほしい。

実は初めから思っていたらしい。自分の誕生日よりもそちらを優先されて、はっきり言うことにしたのだそうだ。

言われた僕はどうしたか。じゃあ、やめるよ、と言ったのか。

言わなかった。

ずっと芹の言うことを聞いてきた。自分は優しいカレシ、のつもりでいた。でもそれでボランティアをやめるのはちょっとちがうような気がした。

結果、僕らは別れることになった。

ごめん、と謝りはした。

別れないでほしい、などと僕が泣きついたりはしなかったからか、芹は露骨に不機嫌な顔になって、こう言った。

さよなら、ロリコンくん。

鈴彦は子どもが好きだから。そんな意味だったらしい。

そのときはつい苦笑した。

あとで、怒ってもよかったのだな、と思った。

今は、怒らなくてよかったと思っている。芹がそう言ってくれたことで、未練は少しも残らなかったから。

別れ際、僕は芹に言った。

これまでありがとう。

前方にクロード子ども食堂が見えてくる。

戻ったら、水野賢翔くんと一緒にごはんを食べるつもりだ。

今日初めて来てくれた賢翔くん。来たときは、まだあんまりお腹空いてない、と言っていたが。あれから一時間、そろそろ空いてきただろう。

早足が、自然と小走りになる。楽しいから、そうなる。

これまでありがとう、だけでは言葉が足りなかったかなと今さら思い、僕はすでに元カノとなった芹に向けて言う。

「お元気で」

午後六時

さようなら

森下《もりした》貴紗《きさ》

待ち合わせは午後五時半だったが、五分遅れた。牧斗を子ども食堂に連れてったからだ。アレルギーがどうとか訊かれて時間をロスし、電車を一本逃した。そのあとすぐに出れば間に合ったはずだが、その前に牧斗とコンビニにも行ってたので、わたしにも休憩が必要だったのだ。電車に乗る前に駅の近くのコンビニに寄ればよかった。でもそこは普段行ってる店にくらべると品ぞろえが悪い。品数は大して変わらないだろうが、ことごとくわたしの好みを外す。

とにかく電車を一本逃し、わたしは待ち合わせの時間に五分遅れた。

赤間修司《あかましゅうじ》はまだ来てなかった。よかった、と思いつつ、待った。

交番の前。デートの待ち合わせにはどうなのよ、という場所だが、女にしてみれば安心だ。前とはいってもちょっとは離れたとこだから、警官と話せる距離ではない。職質もされない。

そう。わたしみたいなホステスふうの女は、たまに本当に職質されることがあるのだ。お姉さんこんな遅くにどこ行くの？　とか、おかしなもの持ってないよね？　とか。まあ、ホステスふうも何も、わたしは実際にホステスなわけだけど。

修司を待ちはじめて十分が過ぎたあたりで、空はすっかり暗くなった。繁華街だから明るいことは明るいが。昼からの切り換えは終了。完全に夜だ。

わたしは修司にＬＩＮＥのメッセージを出した。

〈もう着いてるけど〉

二分待たされて、返信が来た。

〈遅れるなら連絡しろよ〉

〈ちょっとバタバタしちゃって〉

〈ＬＩＮＥぐらい出せるだろ〉

〈今、出したじゃない〉

〈待ち合わせの時間の前に出せよ〉

〈五分遅れただけだよ〉

〈なら五分遅れるってＬＩＮＥを出せ。でなきゃ何分待たされるのかわかんないだろ〉

つまりそういうことだった。修司は時間どおりに来て、五分は待たず、どこかへ行ってしまったのだ。

〈次からはそうする〉

〈まず謝れよ〉

〈ごめん。今どこ?〉

〈どこか〉

〈何それ〉

〈今日はなし。次もなし〉

〈どういうこと?〉

〈男を待たせて連絡もしない女は無理。終了〉

〈だからごめん。気をつけるから〉

それへの返信はもうなかった。既読が付いただけ。そこは五分待って、ないのだと判断した。

思いが声に出た。

「ふざけんなよ」

まあ、店のお客との約束に遅れたわたしもわたし。でも、五分。女に待たされるのもデートの楽しみの一つ。そんな男はもういないのか。

店のお客。修司はまさにそれだった。何度も来てくれるようになり、外で会うようにもなった。

店はこの駅の向こう側にある。待ち合わせはいつもこちら側でした。飲みに行く店もこちら側。そのほうがわたしも寛げた。大きなターミナル駅だから、こちらと向こうでは空気も変わる。別の街になる。

わたしは二十八歳。店はキャバクラではない。キャバは付かないクラブだ。語尾が上がるほうではなく、下がるほうのクラブ。

ホステスは三十代もいるし、四十代もいる。だからわたしでも若手になる。お客の年齢層は高め。でも二十代も来る。二十代の男のみんながみんなキャバクラや語尾が上がるほうのクラブに行くわけではないのだ。なかには派手な店が苦手な人もいる。

わたしの店はそんなお客を拾う。落ちついた雰囲気を出し、ピアノの生演奏とかそういうので釣る。

実際、店にはグランドピアノがある。生演奏もおこなわれる。ピアニストがプロである必要はない。音大生で充分。ドレスを着せれば様になる。お客も演奏そのものを求めてるわけではないのだ。

クラシック的なものからポピュラー的なものまで、ピアニストはいろんな曲を弾く。たまに『猫踏んじゃった』を交えたりして、お客を和《なご》ませる。それは音大生ピアニストのアドリブではない。店のオーナーの指示だ。

いつも『猫踏んじゃった』だといかにも指示っぽいから、曲は替える。♪も〜もたろさんももたろさん♪ のあのメロディが流れてきたときは、わたしまでもが飲んでたお酒を噴き出しそうになった。いや、それはちがうでしょ、と思って。

修司は今、三十歳。ホームセンターの社員。初めて来店したときに付いたのがわたしだった。その日は連れがいた。修司は接待される側。といっても、大げさなものではない。親しい取引先の人に連れてきてもらったという感じ。

だからそれは一度で終わり。もうその二人で来ることはなかった。でも次はあった。修司が一人で来てくれたのだ。そしてこないだは楽しかったからと、わたしを指名してくれた。うれしかった。ホステスが一番うれしい瞬間はそれなのだ。指名を自力で勝ちとれた瞬間。

修司のことは手放さないよう気を配った。大してお金を落とすお客でないことはすぐにわかったが、それはそれでよかった。お金をつかってカッコをつけるタイプの男ではないということだから。

ある時点から、わたしは修司に、ホステスとしてではなく森下貴紗個人としての期待を抱くようになった。外で会ってくれと言われたときはさらにうれしかった。適度に渋ってみせてから、静かにオーケーを出した。

子どもがいることはすぐに伝えた。それで引く相手とは先はない。引くようならホステスとして付き合おう。そんなつもりでいた。

修司は引かなかった。そのときはそう思えた。

どれも高いものではないが、プレゼントもいくつかくれた。最近もらったのは、ちょっと笑ってしまうこれ。ルイ・ヴィトンのボールペン。ケースまで付いてるやつ。

それは今もバッグに入ってる。つかおうつかおうと思いつつ、つかってない。つかう場面がないのだ。スマホがあれば事足りてしまうから。

でもプレゼントをくれるのだから順調。デートもするのだから順調。そう思ってた。

それが、まさかの終了。あまりにも唐突な、終了。

修司は初めからそのつもりだったのかもしれない。わたしが遅れたことでイラッとしたのは事実だろう。その勢いで、こう思ったのだ。今ぐいいや、と。

女を待つのが好きな男も少しはいる。待たされるのが嫌いな男は多くいる。自分が待たせるのはいいが待たされるのは嫌い、という男も多くいる。

読みちがえた。これは痛い。

まず、森下貴紗として痛い。またふりだしに戻った。先が見えなくなった。

ホステスとしても痛い。お客を一人失った。もう修司が店に来ることはないだろう。

あとのほうが痛いかもしれない。そう感じたことで、わたしが自身がそこまで修司に惹《ひ》かれてたわけではないことに気づいた。単にあせってたのだ。今の状態から何とか抜け出したくて。ということで、午後六時。今日は仕事は休み。店は開いてるが、出る予定はない。だからといって、一人ですることもない。

乗ってきたばかりの電車にまた乗って、わたしは自分が住む町に戻る。

そこまではわずか四駅。すぐに着いてしまう。

今ならまだ牧斗は子ども食堂にいるかもしれない。あの子はいつもモタモタする。ごはんを食べるのも遅いのだ。食べながらわたしと話したがる。話すと必ず手は止まる。

ハイヒールで住宅地の道を行く。

一方通行ではないが、この辺りの道はどこも細く、車同士がすれちがえない。二台が往生してるのをよく見かける。都内はどこもそんなだ。家を詰めこみすぎたのだろう。住みたがる人が多いから。わたしもその一人だけど。

都内の一戸建てに住むのは夢だ。タワマンに住むのも夢。タワなしのマンに住むのさえ夢。現実のわたしは、牧斗と二人で都営アパートに住んでる。所得基準を超えて出ていかされないよう注意してる。注意しなくても、たぶん、だいじょうぶなのに。

歩くこと十分。子ども食堂に着く。クロード子ども食堂。クロードの意味がわからない。変に前向きな言葉にされるよりはましだが、いったい何のカッコつけなのか。

木のドアを開けて、わたしは店に入っていく。まずは窓際のテーブル席を見る。

予想どおり、牧斗はまだそこにいる。先に家に行かなくてよかった。そうしてたらなかに入れないとこだ。カギを牧斗に渡したから。

「いらっしゃ」まで言ったところで、受付の大学生っぽい女が口をつぐむ。

わたしがさっき出ていった牧斗の母親だと気づいたのだ。

「どうも」と声は小さくなる。

すぐにここの主人らしき女もやってくる。牧斗のアレルギーのことを訊かれてイラついたわたしにそれを説明したおばちゃんだ。わたしが受付の女に何か文句を言ったわけでもないのにわざわざ出てくるとこが気に入らない。

「ちゃんと戻ってきましたよ」と自分から言う。

「ありがとうございます」とおばちゃんは返す。「あらためて、いらっしゃいませ。牧斗くんはちょうどデザートを食べ終えたところです」

「デザート？　が出るんですか？」

「出ますよ。今日はバナナのケーキです」

バナナ。安い食材だ。だからつかってるのだろう。わたしもよく買う。バナナは安い。手間がかからないから、牧斗も一人で食べられる。そのうえ、味もいい。スポンジ生地でくるんだまるごとバナナは、牧斗もわたしも好き。スーパーで安くなってるとつい買ってしまう。

「お母さまもどうですか？」

「え？」

「食べていかれては」

「あぁ」知ってはいるが、一応、訊く。「大人も、ありなんですか？」

「ありですよ。ただ、三百円は頂いてます」

それも知ってはいるが、言う。

「とるんですね、お金」

「はい。どうしても運営費はかかってしまうものですから。大人のかたからはご協力いただいてます」

「子どもの親でもってことですよね？」

「そうですね」

子どもは貧しいけど親は貧しくない。そんなことあるわけないでしょ、と思うが、さすがにそうは言わない。

「じゃあ、食べていきますよ」

「そうですか。よかった。すぐ用意しますので、お席に座ってお待ちください」

窓際のテーブル席に行く。牧斗の向かいには女の子がいる。

わたしはその子に言う。

「隣、座ってもいい？」

「はい」

座る。牧斗のななめ向かいになる位置だ。

テーブルの上、女の子と牧斗の前にはバナナのケーキの皿が置かれてる。それと、お茶が入ったカップ。

「どうしたの？」と牧斗が訊いてくる。

「お仕事がなしになった」と答える。「お母さんも食べるから待ってて」

「うん」

「あれから今まで、ずっと食べてたの？」

「そう」

「お代わりはした？」

「してない」

「してないのに、今まで？」

「うん」

「何してたのよ」

「話してた」

「彼女と？」と隣の女の子を見る。

「あとコウダイくんと」

「コウダイくん？」

「あの人」

そう言って、牧斗は少し離れたテーブル席に座ってる男を指す。こちらに背を向けてるので本人は気づかない。

「誰?」

「おばちゃんの子ども。高校生。ぼくと同じ学校」

「小学校が同じってこと?」

「そう」

「何を話したの?」

「仮面ライダーのこと。キバとかディケイドとか見てたんだって」

「へぇ」

仮面ライダーシリーズは、牧斗が見るのでわたしも見るようになった。ライダーを演じる俳優がみんなイケメンで、結構やられる。大人向けのドラマに出る俳優たちが普通に出てくる。ストーリーも複雑で、これ子どもにわかんの? と思わされる。

要するに、親もターゲットなのだ。子どもが見れば親も見る。そこを取りこめればグッズも買ってもらえる。実際、わたしも買ってる。牧斗へのプレゼントに便利だから。

隣の女の子がデザートの一切れを食べる。

「それがバナナのケーキ?」と訊いてみる。

「はい」と女の子は答える。

「おいしい?」

「おいしいです」

「牧斗と、お話してくれたの?」

「はい。少し」

「ありがと」

「いえ」

そのいえにちょっと驚く。普通のようにも思えるが、このくらいの歳の子が、いえ、とはあまり言わない。

「何年生？」

「四年生です」

「牧斗より一つ上だ」

「学校はちがうよ」と牧斗。

「そうなの？」

「はい。わたしはこっちだから」と女の子は川のほうを手で示す。

「学区がちがうんだ」

「はい」

そこへ、わたしのごはんが運ばれてくる。お盆を持ってきたのは、意外にも男。大学生っぽい子だ。ライダー俳優ほどではないが、イケメン。修司の遥か上をいく。

「お待たせしました」

「どうも」

「ごゆっくり」

イケメンはあっさり去っていく。学生ボランティアなのか。まあ、そうだろう。これで儲けが出るわけない。ここにいる人たちはみんなボランティアのはず。今のイケメンも受付の子も。三人いるおばちゃんたちも。

たすかることはたすかる。でも。よくやるなぁ、と思う。いろいろな意味で余裕があるのだろう。例えばわたしにボランティアができるか。できるわけない。する気もないし、する時間もない。そう。一人で子を育てる母親に時間なんてないのだ。

シングルマザー。自分の母親と同じ。結局、わたしもそうなった。なるまいと思ってたのに、なった。なっちゃうもんなのだ。

母のことはいい。とりあえずわたしを育ててくれたことで充分。最低限の感謝はしてる。この先わたしの前に現れて、お金を貸してくれと言ったら、絶対貸さないけど。

わたしは森下貴紗。今、二十八歳で、十四歳からはずっと森下。その前にも一度森下だったことがある。だらしない母のせいで、名字が三度変わったのだ。

初めは中屋《なかや》。これが生まれたときの名字。でもそのころの記憶はまったくないし、実の父親である中屋という男のことも知らない。二歳でもう森下になったから。これが母の旧姓だ。

そして十一歳まで森下が続き、横塚《よこづか》になった。母が再婚したのだ。

実質最初の父親である横塚というその荒っぽい男には、いつまでも慣れなかった。わたしどころか母も慣れなかったらしく、三年で離婚した。

わたしも母も横塚に殴られたりはしなかったが、いつかそんなことになりそうな気配はあった。普段はそう荒っぽくないのに、急に爆発するのだ。中学生になったわたしを変な目で見るようにもなってたから、母が別れてくれてたすかった。

大学には行けないからね。高校を出たら自分でどうにかしてね。母には初めからそう言われてた。わたしも大学に行くつもりはなかったし、行ける頭もなかった。大学にお金を払うなんて損。だったらその四年、お金を稼いだほうがいい。そんなふうに思ってた。

だからわたしは高校を出ると意を決してキャバクラで働いた。ほかのバイトをする気はなかった。時給千円以下で働くなんてバカらしい。コンビニでパン一個買う客に偉そうな顔をされるのはゴメンだった。

テレビ番組なんかでは、人気ナンバーワンのキャバ嬢がよくとりあげられたりする。月収八百万です、とか、お客さんにマンションを買ってもらいました、とか言ってる。そんなのは一握りだ。みんながそうならキャバクラは成り立たない。でもテレビではそんな子のことばかりやるから、みんな錯覚してしまう。自分にも可能性はあるように感じてしまう。わたしもそのクチだった。

新人、を売りにした好スタートは切れず、収入は上がらなかった。そして片瀬圭一郎《かたせけいいちろう》と知り合った。お客だ。

わたしは圭一郎に気に入られ、付き合った。が、すぐに別れた。わたしがフラれる形でだ。別れたあとに妊娠したことがわかった。うそでしょ、と思った。

どうするかはすごく迷った。牧斗をどうするか、だ。

普通なら堕《お》ろす。わたしも一度はそちらに傾いた。

圭一郎に話したら、堕ろせと言うに決まってる。でも中絶費用を出させることはできるだろう。むしろ積極的に出そうとするかもしれない。

わたしは考えた。一人で子を育てられないはずがない。料理もロクにできなかったあの母にやれたことが自分にやれないはずがない。堕ろしたらわたしの負け。今思えばよくわからないが、当時まだ十八歳のわたしはそんなふうに考えてしまった。

見た目で妊娠がわからないギリのところまでキャバクラで働いた。お酒はなるべく飲まなかった。そして何人かの友だちにお金を借り、どうにか出産した。みんな、無謀だとは言ったが、お金は貸してくれた。

○歳児から預かってくれる保育所をどうにか見つけ、すぐにキャバクラに戻った。それで指名がもらえるならと、お酒もたくさん飲んだ。ナンバーワンキャバ嬢にはほど遠かったが、一年で友だちへの借金を返すくらいの収入は得られた。

圭一郎には牧斗のことを言ってない。母にさえ言ってないのに、血のつながりも気持ちのつながりもない圭一郎に言うわけない。これからも言わない。

圭一郎は顔がいいだけの男だった。役者志望。名前は聞かないし、顔も見ないから、今はもう役者くずれになってるはず。ただ、顔は本当によかった。おれ、ライダー俳優になれねえかなぁ、とキャバクラでもよく言ってた。ライダーのかどうかは知らないが、オーディションをいくつも受けてはいたらしい。

正直に言えば、牧斗がイケメンになるのではないかという期待も少しあった。だから産むことにしたとまでは言わないけど。

そんなわけで、スタートはシングルマザー。でもいつまでもそのままでいる気はなかった。いつだって結婚する気ではいた。するなら牧斗がまだ小さいうち。できればわたしも二十代のうち。

キャバ嬢をやってれば出会いはいくらでもあると思うかもしれない。出会いはある。それはまちがいない。でもいい出会いは少ない。お金が絡む形で知り合うから、そうでない関係に移行するのは案外難しいのだ。

それでも、藤代豊樹《ふじしろとよき》とはいいとこまでいった。移行は難なくクリアできた。

豊樹はいい人だった。わたしより一つ下なのに、わたしよりずっと落ちついてた。キャバクラには、友人に連れられて来た。来たのはそのときが初めてだったという。

豊樹がわたしを、ではなく、わたしが豊樹を気に入った。圭一郎ほどイケメンではなかったが、笑顔がよかった。これは理屈ではない。笑顔がいい人は好かれる。その笑顔をもっと見てたくなるのだ。わたしもそうなった。店外デートを受けてくれたときはうれしかったよ、と豊樹はあとで言ったが、たぶん、その誘いを引きだせたわたしのほうがずっとうれしかったはずだ。

豊樹は薬品会社に勤めてた。ジェネリック薬品を扱う会社だ。仕事は営業。豊樹と付き合ったことで、そのジェネリックという言葉を知った。普通の薬と質は同じで値段が安いならそっちでいいや、と思った。

豊樹にも、子どもがいることはすぐに打ち明けた。豊樹は驚いたが、引くことはなかった。店に来なくなることもなかったし、わたしを誘わなくなることもなかった。子どもの名前を訊いてくれたので、牧斗だと教えた。カッコいいね、と言ってくれた。写真も見せた。そのころ、牧斗は六歳。おぉ、ほんとにカッコいい、とも豊樹は言ってくれた。

順調だ、とこのときも思った。森下から藤代になってやっと落ちつけるかもしれない、とそこまではっきり思った。

落ちつけなかった。藤代にはなれなかった。

牧斗と会ってみるという話になった数日後、豊樹が言いだしたのだ。僕はやっぱり牧斗くんを自分の子として育てられない、と。ここ何日か、ずっと考えたんだよ。いずれいやなことになるかもしれない。そうならないと言いきる自信がない。はっきりわかったよ。僕にそんな度量はないんだって。

豊樹は去っていった。別れるしかなかった。豊樹もそれを望んだ。

ショックは大きかった。久しぶりに、がっつり失恋した。かなり引きずった。正直、牧斗をちょっと疎《うと》ましく思った。牧斗に非はないとわかってるのに。

そのとき、わたしは二十五歳。キャバクラはちょっとしんどくなってきたので、脱キャバし、今のクラブに移った。

そして当たったのが修司だ。薬品会社に対してホームセンター。修司は豊樹ほどいい人ではなかった。その代わり、豊樹ほど硬くなかった。でもまさか時間にうるさいとは。自分に都合よくうるさいとは。

ただ、早いうちに知ることができてよかった。結局、修司は圭一郎と同類。それがわかってよかった。まだ別れて一時間も経たないのにそう思える。いよいよ三十歳が見えてきたことで、あせりがあったのかもしれない。いや、まちがいなく、あった。

お盆に置かれたお箸を手にとる。隣の女の子の前でもあるから、一応、言う。

「いただきます」

メインのおかずは豆腐ハンバーグ。外の看板にそう書かれてた。確かにちょっと白い。あんかけソースのおかげでハンバーグには見える。でも、豆腐。子ども相手だからって、何をケチってるのか。

まずは生野菜のサラダからいく。レタスやきゅうりやにんじんやトマト。大根やわかめも交ざってる。ドレッシングは、やはり和風のものが初めからかけられてる。お金をとるんだからドレッシングくらい選ばせなさいよ、と思うが、おいしいことはおいしい。ピリッときそうでこない。酸味にとどまり、まろやかに終わる。

こんなふうにサラダがあるときは、いつもそれを先に食べる。一番好きなものを最後に食べることにしてるからそうなった。つまり、好きでないものから順に片づけていくのだ。でもそれでいいらしい。何年か前に雑誌で読んだ。野菜を先に食べるのは体にいいのだ。科学的な根拠もあるとかで、ダイエットにも役立つという。

サラダを全部食べ、豆腐ハンバーグにかかる。お箸で小さくし、口に入れる。

所詮は豆腐。そう思おうとする。実際、豆腐だ。知ってるからそうとわかる。でも知らなかったら気づかないかもしれない。肉ではないと思うだろうが、豆腐だとは思わないかもしれない。

一言で言えば。おいしい。

何なのよ、とも言いたくなる。何で三百円なのにおいしいのよ、と変なケチをつけたくなる。

「カロリーが低いんだよ」と牧斗が言う。「だから、やせたいお母さんにもいいの。その分、お菓子も食べられるよ」

それにはつい笑う。

「せっかくカロリーを抑えてるのにお菓子食べちゃダメでしょ」

まあ、食べちゃうけど。カロリーを抑えてなくても食べちゃうけど。

「おいしいでしょ」と牧斗がなおも言う。

「うん。おいしい」と素直に返す。

何故かちょっと不安になり、隣の女の子に訊く。

「おいしい、よね?」

「おいしかったです」

豆腐ハンバーグを食べ、ごはんを食べる。こういうとこにありそうな玄米とか五穀米とかではない。白米。それもおいしい。わたし好みの、やや硬め。子ども食堂でこれ以上は無理だろう、と思われる絶妙な硬さ。

わたしは、粒同士がくっついてしまうようなやわらかいごはんが苦手だ。だから、中学校の給食でたまに出たイカめしも苦手だった。出てきたら、男子にあげてた。

一度、その子にコクられたことがある。何でわたしなの？　と訊いたら、その子はこう言った。だって、森下はイカめしをくれるから。

たぶん、とっさに思いついたことを言ったのだ。もう名前すら覚えてないが。中学生男子。不器用にもほどがある。

そんなことを思いだして一人で笑ってたら、牧斗が言う。

「何で笑ってるの？」

「ん？　イカを思いだしたから」

「おかずはハンバーグだよ。イカじゃないよ」

「ないけど思いだしたの」

「ぼくイカのお寿司好き。回転寿司行きたい」

「また今度ね」

牧斗は回らない寿司を知らない。わたしも知らない、と言いたいところだが、わたしは知ってる。たまに店のお客さんに連れていってもらうこともあるから。

そんなときは、ちょっと複雑な気持ちになる。牧斗はスーパーやコンビニの弁当でわたしは回らない寿司か。そう思ってしまう。

寿司から離れるべく、わたしは女の子に言う。

「お名前、何ていうの？」

「オカダチアです」

「チア」

「はい」

「どう書くの？　漢字」

　チアちゃんは、右手の人差し指でテーブルにゆっくり大きく書くことで、漢字を説明してくれる。

「千亜ちゃんか。いい名前だね」

　千亜ちゃんは恥ずかしそうにうなずく。うなずいていいかわからないけどとりあえずうなずいとく。そんな感じ。かわいいな、と思う。

「四年生なんだよね？」

「はい」

「ここへは一人で来てるの？」

「はい」

「家は近く？」

「近くです。歩いて二分くらい」

「じゃ、ウチと同じだ。でも帰りは暗いし、こわくない？」

「こわくないです。家がたくさんあって、道は明るいから」

「聞いた？　牧斗。女の子なのにこわくないんだってよ。牧斗とは大ちがい」

「四年生だからだよ」と牧斗は言う。

「一年ちがうだけじゃない」

言いながら、思う。でもその時期の一年は確かに大きかった。学年が一つ上というだけで、みんな、お兄さんお姉さんに見えてた。

「ぼくだって四年生になればこわくないよ」

「ほんと？」

「ほんと」

「じゃあ、来年の四月からはもうこわくないのね？」

「四月は、まだちょっとダメだよ」というその弱気に笑う。

わたしは今も夜がこわい。でもそれは女だからという意味。深夜、人けのない道を歩くときはこわい。警戒する。何ならスマホで電話をしてるふりもする。が、牧斗がこわがるような意味ではこわくない。いつから今のこわさに切り換わったのか。中学生のころか、高校生のころか。結局、こわいのはおばけじゃない。人なのだ。

「千亜ちゃん、近くても一人で来られるなんて偉いね」

それを聞いて、千亜ちゃんは小首をかしげる。偉いとまで言われたらさすがにうなずけない。そんな感じ。やはりかわいい。女の子には、男の子とはちがうかわいらしさがある。

「訊いていい？　お父さんとお母さんは？」

千亜ちゃんは少し考える。

「ごめん。答えたくなかったら答えなくていいよ」

言ってから思う。かつてわたしも何度も大人に言われたセリフだ。答えなくていいと言われて、じゃ、答えません、とは言えないでしょ。答えないわけにいかないでしょ。言われるたびにそう思った覚えがある。なのに、今は自分が言っちゃってる。

ほんとに答えなくていいから、と続けようとしたところで、千亜ちゃんが言う。

「お母さんはいません。お父さんは仕事だからいつもは家で一人でごはんを食べるんだけど、こがやってるときは行きなさいって。きちんとしたごはんを食べさせてもらいなさいって」

「そうなんだ」ダメダメ、と思いつつ。これも訊いてしまう。「お母さんがいないっていうのは？」

「離婚しました」

「あぁ。ごめんね」

「いえ」とまたそれが来る。

千亜ちゃん、大人だ。いえ、をつかい慣れてる。

お母さんが亡くなったのではなくてよかった。そう思う自分に驚いた。わたしでも思うのだな。ほぼ縁が切れた母でも、亡くなってるよりは生きてるほうがいいと。

「わたしもそうだったよ」と千亜ちゃんに言う。「お姉ちゃんの場合は、お母さんと二人。お父さんがいなかった。そのお母さんは千亜ちゃんのお父さんみたいにしっかりした人じゃなかったから、お姉ちゃんも千亜ちゃんみたいにしっかりした人じゃなかった。今の千亜ちゃんくらいのときは一人じゃ何もできなかったよ。こういうとこに一人で来てごはん食べるなんて、絶対無理。それでそのまま育ったから、お姉ちゃんはしっかりしてない大人になっちゃった」

「お母さんはお姉ちゃんじゃないよ」と牧斗が言う。

「ん？　どういう意味？　もうおばちゃんてこと？」

「お母さんはお母さんだよ」

それには不意を突かれる。うぐっとなる。

牧斗はただ単に、シスターじゃなくてマザーだよ、という意味で言っただけ。わかってる。でも、ちょっと響く。

豆腐ハンバーグでごはんを食べ、みそ汁を飲む。みそ汁はインスタントのそれで言うところの減塩タイプに近い。あっさりしてる。でもおいしい。具は、かぼちゃとほうれん草。かぼちゃがトロトロになって、お汁に融けこんでる。この組み合わせのみそ汁は久しぶりだ。

その最後の一口を飲んだところへ、デザートが届けられる。

持ってきてくれたのは例のイケメンくんだ。

「焼けたので、持ってきてしまいました。バナナのケーキです。まだ熱いので、お気をつけて」

そう言って、またあっさり去っていく。

皿に載せられたそれからは白い湯気が立ってる。予想とはちょっとちがい、クリームなんかはなし。生地だけ。シンプルなバナナのケーキだ。

フォークで一口大にし、食べてみる。まさに焼き立て。温かいというより、熱い。甘いが甘すぎない。バナナそのものの甘みだけ、かもしれない。これもおいしい。

「おいしい?」とまた牧斗に訊かれ、

「おいしい」と答える。

その瞬間、わたしはあることを思いつき、それを実行に移す。

フォークを置いて、自分のバッグからペンケースを取りだす。修司からもらったルイ・ヴィトンのボールペンが入ったケースだ。

「これ、あげる」と隣の千亜ちゃんの前に置く。「プレゼント。つかって」

「プレゼント?」

「そう。開けてみて」

千亜ちゃんがケースを手にし、蓋を開ける。なかにあるのは、重厚感に満ちた太いボールペンだ。

「ちゃんと新品。一度もつかってない。お姉ちゃんは頭悪いから、字とかあんまり書かないの。だから千亜ちゃんにあげる。今は手が小さいから太すぎるかもしれないけど、大きくなったらつかって」

千亜ちゃんは驚いてまじまじとわたしを見る。

「ルイ・ヴィトン。知ってる?」

「聞いたこと、ある」

「千亜ちゃんは大学に行ったりするだろうから、そこでつかってよ。女子大生がヴィトンのボールパンをつかってたら、カッコいいよ」

「ぼくには？」と牧斗。

「今日はなし」

「え～っ」

「あとで仮面ライダーの何か買ってあげる」

「ほんと？」

「牧斗がいい子にしてたらね」

「ぼくいい子だよ」

そう。牧斗はいい子だ。それは疑いようがない。この先も親に似ない、圭一郎にもわたしにも似ない、いい大人になってほしい。

千亜ちゃんに言う。

「あやしいと思われたらよくないから、お父さんには言わないで。もしバレちゃったら、そのときはちゃんと説明して。子ども食堂で一緒になった子のお母さんがくれたって。牧斗の話相手になってくれたからそのお礼だと言ってたって。別に売りつけるとかそういうんじゃないからって。盗んだものとかそういうんでもないからって。いい？」

千亜ちゃんは、ゆっくりとうなずく。

「女と女の約束ね」

千亜ちゃんはちょっと笑い、今度はすんなりうなずく。

この子ならだいじょうぶ。今日初めて会ったのにそう思う。

そしてわたしはバナナのケーキを食べる。

母親っぽい人が店に入ってくる。わたしよりはずっと上。四十前後の人だ。牧斗くらいの歳の子が、その姿を見てすぐにテーブル席から立ち上がる。

「じゃあね、フユマくん」とイケメンくんが言い、

「来てくれてありがとうね」とあのおばちゃんが言う。

母親は二人に礼を言い、そのフユマくんを連れて帰っていく。わたしとちがい、ごはんは食べないらしい。

子ども食堂を利用する人は結構いるんだな、と思う。並ばなきゃ入れないくらいになったらちょっといやだな、とも。

子どものころにこんなものがあったら、わたしも利用しただろう。まず母が大喜びで利用させただろう。

母。本当に、チャーハンくらいしかつくれない女だった。そのチャーハンも、コゲコゲならうえにベチャベチャだった。

中学生のころ、試しに自分でつくってみたら、そっちのほうがずっとおいしかった。母にそう言ったら、じゃあ、これからもあんたがつくってよ、と言われた。

意地でもつくらなかった。まさに意地で、母がつくったコゲコゲベチャベチャチャーハンを食べつづけた。あれでよく育てたものだ。お菓子のおかげかもしれない。さすがにヤバいと自分で

も思い、食物繊維たっぷり、とうたったベジタブルスナックとか、そんなのばかり食べるようにしたから。

フユマくん親子を見送ると、おばちゃんは、二人掛けのテーブル席にいる男の子の向かいに座る。さっきから結構忙しい。配膳のようなこともする合間に子どもたちと話す。そうやってテーブルに付いたりもする。見ようによっては、わたしたちホステスみたいだ。

「ケンショウくん、おいしかった？」というそのおばちゃんの声が聞こえてくる。

「うん」とやや遅れてそのケンショウくんが言う。

「お兄ちゃん、何時に来るかは言ってないんだよね？」

「言ってない」

「あんまり遅いようだったら、おばちゃんかお姉ちゃんが送っていくけど」

「道、わかんない」

「あぁ。引っ越してきたばかりだもんね」

「お兄ちゃん、来るって言ってたし」

「そっか。だったら来るね。待とう。バナナのケーキ、もう一つ食べる？　お腹いっぱいかな？」

「うーん」迷った末にケンショウくんは言う。「いい」

「じゃあ、もし食べたくなったら言って」

「うん」

迎えに来るお兄ちゃんか、と思う。ケンショウくんは、どう見ても牧斗より歳下。一年生くらいだ。そのお兄ちゃん自身、夜に弟を迎えに来られる歳なのか。

何にしても、うらやましい。わたしにもお兄ちゃんかお姉ちゃんがいれば、ちょっとはちがってたのかもしれない。たとえ母親があぁでも。

バナナのケーキを食べ終えると、わたしはカップのお茶を飲む。満腹。これで三百円。

「お待たせ」と牧斗に言う。「じゃあ、帰ろうか」

「うん」

「千亜ちゃんも帰る?」

「帰る」

「じゃあ、送っていく」

「だいじょうぶ。一人で帰れるから」

「そう?」

「うん。いつもそうだし」

千亜ちゃんの言葉が最後にちょっとくだける。タメ口に近くなる。何かうれしい。

三人で席を立つ。

いつの間にか近くにいたあのおばちゃんが言う。

「次も来てくださいよ。牧斗くんと一緒に」

「あぁ。もし来られたら」

ドアのほうへ歩き、立ち止まる。振り返り、おばちゃんに言う。

「あの」

「はい？」

「さっきのあれ、豆腐ハンバーグ」

「はい」

「レシピとか聞けますか？」

「もちろん」

「ネットに出てるんでしょうけど、わたし、そういうの、人に直接聞かないとわかんなくて」

「そういうことなら、ぜひ。二週間後にまたここで子ども食堂をやりますから、来ていただければそのときにでもお教えしますよ。もしお時間が合わなければ、そのときでなくてもいいし。レシピを書いた紙も用意しておきます」

「バナナのケーキのほうも、いいですか？」

「はい」

「じゃあ、お願いします」

「午後五時から午後八時までですけど、七時前に来ていただければお時間もゆっくりとれると思います。お待ちしてますよ」

「お名前、訊いてもいいですか？」

「あら、ごめんなさい。クロード子ども食堂のマツイナミコです」

松井波子さん、だそうだ。すぐ近くに住んでるという。わたしたちよりも近い。ここから五十メートルも離れてないらしい。

「千亜ちゃん、牧斗くん。じゃあね」と松井波子さんが手を振る。

二人も振り返す。

「ごちそうさまでした」に続き、わたしは言う。「さようなら」

さよなら、じゃなくて、さようなら。ちゃんと、う、を入れた。さようなら、と伸ばした。

久しぶりに言ったな。さようなら、なんて。

松井波子さんの息子だというコウダイくんが何故かぽかんとした顔でわたしを見てる。

そのぽかん具合が牧斗と似てるので、店を出てから、わたしはちょっと笑う。

午後六時半

ごめんなさい

松井《まつい》航大《こうだい》

「若ぇ～」とつい声が出る。

森下牧斗くんの母親が帰ったあとに。

二十八歳。たぶん、牧斗くんを十代で産んでる。おれがあと二年くらいで親になる感じだ。すごい。想像もできない。おれにできるのは、せいぜい子どもと話をするくらい。育てることなんてできない。

今日だって、思ってた。

いや、おれに子どもの相手とか絶対無理だし。

でも。

案外いけた。

まあ、最初が牧斗くんだったからかもしれない。女子はやっぱ無理。牧斗くんには仮面ライダーを持ちだせたが、女子じゃそうはいかない。

仮面ライダーはすごい。十七歳のおれと九歳の牧斗くんがそのことで話せるんだから。

おれと牧斗くんが話したのは、平成仮面ライダー。そのなかにも第一期と第二期がある。おれが見はじめた仮面ライダーキバは第一期で、牧斗くんが見はじめた仮面ライダードライブは第二期。でも仮面ライダーはそのさらに前、昭和からいる。初代仮面ライダーは藤岡弘《ふじおかひろし》、だというから驚く。あの人、もう七十代だろう。

おれが子どものころは、自分よりひとまわり上の人と仮面ライダーの話をした。それで世代間の溝を埋めることができた。だから知ってたのだ。仮面ライダーの話は有効だと。

牧斗くんと話したあとは、母の案内でカウンターの内側を見せてもらった。もとはカフェだから、そこはそんなに広くない。二人も入ればいっぱいだ。実際、調理担当は二人。三十代の辻口さんに五十代の石上さん。どっちも女の人だ。

二人は母の息子であるおれを見て喜んでた。え～、なかなかのイケメン、と辻口さんは言い、そうか、もう高校生なんですね、と石上さんは言った。石上さんは近所の人だから、おれのことは知ってたのだ。

なかなかのイケメン。一瞬喜びそうになったが、よく考えて、喜ばなかった。なかなかのイケメンということは、裏を返せば、大してイケメンではない、ということでもある。

母はその辻口評を素直に受け止めたうえで、鈴彦くんにはボロ負けよ、と言った。鈴彦くんというのは、配膳担当の大学生白岩さんのことだ。確かにイケメン。敵わない。ただ、母も、親なんだからもうちょっと子を擁護してもいい。ボロ負け、という言葉を謙遜《けんそん》につかわなくていい。

調理場見学はそれで終了。引きつづき、母の指示で、牧斗くんとはまた別の子と話をした。今度は小学一年生男子。水野賢翔くん。

あまりしゃべらない賢翔くんにそこでも切札の仮面ライダーを持ちだしてると。ドアが開き、派手派手な女の人が入ってきた。

受付担当の木戸さんという女子大生がそばにいたが、母が素早く寄っていった。理由はすぐにわかった。その女の人は、何というか、結構強めな人だったのだ。子どもの親でもお金をとるのか、みたいなことを母に言った。三百円なのに。

その人はハイヒールをゴツゴツ言わせて歩き、窓際のテーブル席に着いた。それでわかった。牧斗くんの母親なのだと。

くり返すが。本当に若く、本当に派手。入れちがいになってよかった。あとから来た女の子に席を譲っておいてよかった。あの人とはさすがにうまく話せなかっただろう。何を話していいか、まったくわからなかったはずだ。下手をすれば、胸の谷間とかを見ちゃってたかもしれない。だって、見えるから。

もう明らかにそういう職業の人。いわゆる水商売。ホステスさん、かもしれない。

子ども食堂にはそんな人も来るんだな、と思った。何か、妙な説得力があった。自分が知らない場所には自分が知らない人たちがいる、とでもいうような。

人見知り気味な賢翔くんの次は、中学二年生男子と話をした。こちらは思春期ど真ん中。仮面ライダーは持ちだせなかった。先輩に絡まれた後輩みたいに居づらそうな顔を見せたので、すぐに退散した。

その次は小学五年生。ライダー作戦成功。もうテレビでは見てなくて、ライダーを卒業してはいたが、仮面ライダーゴーストの名前は引きだせた。

で、今は午後六時半。クロード子ども食堂は午後五時から午後八時までだから、ちょうど折り返し。早めに来た人は、ごはんを食べ終え、帰っていった。牧斗くん親子もそう。母によれば、そんな具合に三時間で二まわりする。

といっても、お客さんはそれでやっと二十人くらい。混み合うことはないそうだ。それでいいのかもしれない。ここが混み合うということは、困ってる人がたくさんいるということだから。ただ、今日はいつもより多いらしい。

とりあえずテーブル席がいくつか空いたので、おれは母に言う。

「そろそろメシ食おうかな」

「あ、そう」

「もしかして、自分でよそえとか言う？」

「言わないわよ。それはやってあげる。人によそってもらうほうがごはんはおいしいから」

そうかもな、と思う。まあ、家でもいつも母にやってもらってるけど。

そして気づく。母はいつも自分でよそってる。人によそってもらったごはんのうまさを感じられてないわけだ。でもおれがいきなりよそってやったりしたら。この程度のことでおこづかいアップはしないわよ、とか言うだろうな。

「じゃ、ほら、空いてるとこに座ってて」

「うん」

牧斗くんたち三人が座ってたテーブル席に着く。四人掛けの席だ。

イスに座り、白岩さんと話してる母を、何となく見る。

母は笑ってる。楽しそうに見える。イケメンと話してるからではない。ここにいるのが楽しいのだ。

今は基本的によく笑う母だが、笑わなかった時期もある。父が亡くなったあとだ。断片的には笑ってたはずだが、三年くらいは笑わなかった印象がある。

自動車事故で死ぬ確率は一万分の一。そんな記事を、前にネットで見た。〇・〇一パーセント。高いのか低いのかよくわからない。そう思ってた。そんな確率には何の意味もないのだと知った。自分が遺族になって。

遺族のおれや母からすれば。起きてしまったことがすべて。〇・〇一も〇・一も一も十もない。家族が自動車事故で亡くなった。それが百だ。百二十パーセントとか二百パーセントとか、そんなのでもない。きっちり百。百は百。その上なんてない。

父はいきなり亡くなった。当たり前だ。病気ならともかく、いきなりでない事故なんてない。いきなりでないなら、避けられる。

父は避けられなかった。助手席に座ってただけ。どうしようもなかった。ヤバい！　と最期の瞬間に思ったのか、それさえわからない。

デカいダンプに突っこまれ、運転してたよその会社の人と同時に亡くなった。即死。苦しまなかったという意味では救いだが、死を受け入れる時間さえ与えられなかったという意味では救いじゃない。

そういうことを何度も考えた。現場を見たわけでもないのに夢に見ることもあった。それは今もある。回数は減ったが、年に何度かは見る。いやな朝を迎える。学校に行って友だちと話したりすれば忘れるけど。

おれが高校に進んだころには、母もおれも落ちついた。というか、父の死を、もう変えようのないものとして受け入れた。

子ども食堂をやる、と母が言いだしたときは驚いた。何年も前につぶれた近所のカフェ『クロード』でやると言ったときは、さらに驚いた。

理由も聞いた。それにはそんなに驚かなかった。いや、驚きはしたが、納得もしたのだ。

父が亡くなる直前まで、父と母の仲はよくなかった。最悪だったと言ってもいい。初めはおれに気づかれないようにしてたが、おれが気づいてからは隠さなくなった。いただきますやごちそうさましか言わないのだから、鈍いおれでも気づく。

原因は知らない。父の浮気とか、そういうものではないだろう。もしそうなら、母がもっと何か言ってたはず。はっきりした原因なんてないのだと思う。わずかなずれみたいなものが少しずつ増えていったのだ。たぶん。

おれも高校生になった今は、ちょっとわかる。人の関係は変わる。例えばちがう高校に行っただけで、小学校や中学校のときにそこそこ親しかった友だちとそんなに親しくなくなることもある。久しぶりに会ったときに、前と同じようにはいかなくなってることに気づいたりするのだ。いつも一緒にいる夫婦はそれとはちがうかもしれないが、いつも一緒にいるからこそ、というのはありそうな気がする。

仕事帰りに児童公園で缶ビールを飲んでた父が、一人の男の子と出会った。その子はそこで晩ごはんの菓子パンを食べてたのだ。

ウチでメシを食わしてやりゃよかったなぁ、と父は母に言ったという。

ウチでメシ。ほんとに食わしてたらどうだったのか。

そのころの松井家。三人でごはんを食べてはいたが、会話はほぼなかった。母がおれに何か尋ね、おれが簡潔に答える。少し経ったあと、その答えたことに対して父が何か言う。そんな感じだった。

そこにその子がいたら。父も母もおれも、もうちょっと何か話してたのか。

そのことを母から聞いたときは、それ自体が無理だと思った。松井家の食卓によその子を迎えること自体が無理。でも最近は、その子がいたら父も母ももっとしゃべってたはずだと思ってる。ほんとにそうなってたらよかったのにな、と。

児童公園で話したことで何かが少し変わったように感じてたと母は言った。いきなりもとどおりにはならないが、お父さんとお母さんが同じほうを向きだしたのは確かだと。

父が児童公園で言った言葉は、母のなかにずっと残ってた。そして今年の初めに母は思いついた。ずっと寝かされたままになってるカフェ『クロード』の看板を見て。子ども食堂をやろう、と。

それを聞いたとき、マジで？　とおれは言った。子ども食堂がどんなものなのかは知らなかった。ちゃんとごはんを食べられてない子にそれを提供する場所だと母は説明した。なるほど、とは思った、母ならやってもおかしくない、と。あくまでも、おかしくないと思えただけ。実際にやるとなると話は別だ。できんの？　と思い、無理でしょ、と思った。

母はやった。無理じゃなかった。カフェ『クロード』を借りる話までつけてしまった。黒沼さん相手に。

マジで？　とそこでも思った。おれもネットで調べてみた。子ども食堂は、社会活動の一つとしてとらえられてるらしい。歴史は浅い。その言葉が生まれてまだ十年にもならない。これが正解、というものもまだ出てない。今なお模索中。進化中。

子ども食堂に対して、変に手だすけをするから親が怠けるのだ、というような意見もあるらしい。

母は言った。やる側の自己満足。いいじゃない。それでもやるわよ。結果として誰かがたすかるなら。

あとでこうも言った。ただ一つ決めてるのはね、何かしてあげてると思わないこと。人の力になりたい。お母さんが人の力になりたいからやってる。それでいい。だから航大、もしお母さんが、やってあげてるみたいな態度を見せたら、そのときはあんたがちゃんと言ってね。

その流れで、あんたも店を見に来て、と言われた。バイトってこと？　そう訊いたら、母はこう答えた。ほかの人たちがみんなボランティアでやってくれるのに、主宰者の息子が何でバイトなのよ。

正直、気乗りはしなかった。おれはそういうのはちょっと苦手なのだ。募金箱を胸の前に持ち、寄付をお願いしま～す、と言ってる自分を想像できない。というか、もうすでに想像しちゃってるけど、しっくりはこない。

そんな大げさなものではないのだと母は言う。別にあんたに料理をさせようとは思ってないわよ。空いた時間にただ顔を出して、そのときいた子どもたちの話し相手になってくれればいい。いいことをしてるなんて思わなくていい。

でもそれはそれで難しい。知りもしない子に兄貴風や先輩風を吹かせることになるのだ。

八月に始まった子ども食堂も、今日で五回め。母が来い来い言うから、一度だけ顔を出すことにした。ササッと帰るつもりで。

最初に話したのが牧斗くん。おれ自身、楽しかった。最近の仮面ライダーもちょっと見てみようか、と思った。

久しぶりに灰沢考人《はいざわこうと》のことを思いだしもした。元Jリーガー。おっさんゴールキーパーの灰沢考人だ。結構カッコよかったと牧斗くんに言ったが、実はそれだけじゃない。灰沢考人は、顔が父に少し似てた。だからずっと気にしてたのだ。

配膳担当の白岩さんが、お盆を運んできてくれた。

「あ、すいません」

「いえいえ」と白岩さんはいきなり後輩風を吹かせて言う。「松井さんにはお世話になってます。いい経験をさせてもらってます」

「そうですか。無茶を言ったり、してませんか?」

「まったく。いろいろ気にかけてくれる、すごくいいリーダーですよ」

敬語をやめてもらえないかな、と思いつつ、訊く。

「あの、白岩さんは、大学生、ですよね?」

「はい。そこの」

そこの。近くにある私大の、ということだ。

「木戸さんと同じですよ。学部はちがうけど、どっちも三年生」

「木戸さんは、カノジョさんですか？」

「まさか。ちがいますよ。ここで知り合いました。たまたま同時に応募して」

「何だ、そうなんですね。で、えーと、大学って、どうですか？」

「どう、というのは」

「実はぼく、そこを受けることも考えてるんですよ。やっぱ近いとこのほうが楽かなぁ、と思って。高校より近いですからね。チャリで行けちゃうし」

「いい大学だと思いますよ。学部は三つしかないけど、そのこぢんまりしてるところがいいというか。まあ、そこにもの足りなさを感じる人もいるのかもしれませんけど」

おれは、たぶん、感じないほうだ。こぢんまりのほうがいい。全体が見えるほうが好き。

「白岩さんは何学部なんですか？」

「経済学部です。そのなかの経営学科。ほかに経済学科と金融学科があっての、経営学科です」

「あと二つの学部っていうのは」

「社会学部と人文学部ですね。木戸さんが人文ですよ」

「ぼくは、経済か社会かな。って、よくわかんないですけど」

「もしあれなら、学校を案内しますよ」

「え、マジですか？」

「はい。松井さんの息子さんが後輩になってくれるならうれしいし。といっても、今高二なら、入学する前に僕と木戸さんは卒業しちゃいますけど。ほんと、いつでもいいですよ。松井さんに言ってください。すぐ対応しますから」

「じゃあ、そのときはお願いします」

「はい。ではごゆっくり」

白岩さんは去っていく。こんなに優しく吹く先輩風もあるのか、と感心する。うそみたいにきちんとした大学生だ。うそだったりして。

あらためて、テーブルに置かれたお盆を見る。ごはんとみそ汁と生野菜サラダと豆腐ハンバーグ。子ども対応ということなのか、みそ汁にはかぼちゃが入ってる。

肉じゃないハンバーグ。ハンバーグって、肉が売りじゃないのか。

でも豆腐は好きだからいい。松井家のみそ汁にはいつも豆腐が入る。豆腐とわかめとか、豆腐と長ネギとか、豆腐と白菜とか、豆腐とえのき茸とか、必ずそんな組み合わせになる。豆腐が中心。豆腐に何を組ませるか。アルゼンチン代表のフォワードはまずメッシ。そのメッシと誰を組ませるか、みたいなもんだ。豆腐はメッシ。そこは固定。

そうなったのは、父が豆腐好きだったからだ。父がそれを望み、母が応えた。おれが生まれる前からそうだったらしい。夫婦の関係が悪くなっても、そこは変わらなかった。

その父の血を引いてるからなのか何なのか、おれも豆腐は好き。豆腐が好きだからハンバーグも毎回豆腐でいい、とまでは言わないが、豆腐かよ、とは思わない。

箸をつかんで食べようとしたところで、ドアが開き、お客さんが入ってくる。

受付の木戸さんがファミレスの店員みたいなことを言う。

「いらっしゃいませ。こんばんは」

お客さんは一人。大人。子ども食堂は大人の利用もオーケーだから、そこは驚かない。が。何気なく見たその顔に驚く。

マジか！

「あら、黒沼さん」と母が寄っていく。

「どうも」

「こんばんは。どうなさったんですか？」

「どうもしてないんだけど。どんなものなのか、一度見せてもらおうと思って。店を貸してるのに何も知らないっていうのも変だから」

「そうですか。ではどうぞ。ごはん、食べます？」

「いや、それは。おれが頂いちゃマズいでしょ」

「だいじょうぶですよ。この感じなら、たぶん、何食か余ります。そういうふうに見こんでもいますし」

「でも八時まででしょ？　あと一時間以上あるよ」

「お客さんが来てくれるようならまたつくります。食材は用意してあるので。まだ食べてないですよね？　晩ごはん」

「まあ」

「じゃあ、ぜひ」

「いいの？」

「もちろん」

「えーと、大人はいくらだっけ。五百円？」

「三百円です」

「おぉ。安い」

「でも黒沼さんはいいですよ」

「いや、そうはいかないよ」

「タダにするということではなくて。わたしが払います。おごります。お店を貸していただいてるお礼に。三百円じゃ安すぎますけど」

「いいよ、そんなの。払うよ」

「いえいえ、今回はわたしが」

「そう？」

「はい」

「じゃあさ、ちょっとウチのに言ってくるよ。おれはごはんいらないからって」

「あ、そうですね。お願いします」

黒沼さんは奥さんにそれを伝えに行き、すぐに戻ってくる。二分もかからない。自分の家だから。

そして黒沼さんに、母がまさかの提案をする。

「航大もちょうど今ごはんですから、ご一緒に」

いやいやいやいやいや。それはない。おれと黒沼さんが一緒にごはん。ない。

黒沼さんだっていやだろう、と思ったが、そんなこともないらしく、黒沼さんはすんなりおれの向かいに座る。

「久しぶり。こんばんは」と黒沼さん。

「こんばんは」とおれ。

「ほんとに久しぶりだなぁ。近所でも、会わないもんだね」

「はい」

確かにそうだ。近所に住んでても、会わない人は会わない。例えば隣家のおばさんはたまに見るが、おじさんはまったく見ない。動く時間がちがえばそうなるものなのだ。

ただ、黒沼さんに関しては。おれが避けた感じもある。

「もう、何、高校生？」

「はい」

「何年？」

「二年です」

「来年受験かぁ。部活か何かやってんの？」

「いえ。中学のときはサッカーをやってましたけど、今は」

「そうか」

黒沼さんは母よりいくつか歳上。カフェ『クロード』のオーナーだ。いや、店はつぶれたから、元オーナー、になるのか。

今はフルタイムの仕事はしてない。母によれば、区内にいくつかアパートを持ってて、その家賃収入だけで充分暮らしていけるらしい。だからこそ、こんな住宅地にこんなカフェをオープンすることができた。つぶれることを恐れる必要がなかったのだ。

「お母さん、すごいね」

「はい？」

「いや、こんなのを始めちゃってさ」

「あぁ。はい」

「話を聞いたときは驚いたよ」

「ぼくも驚きました」

「まさかそれをおれに言ってくるとはね」

ドキッとする。含みのある言葉だ。

「初めはさ、正直、思ったの。何それって。何か夢みたいなこと言ってんなぁって」

「ぼくも、ちょっと思いました」

「だよね。やっぱり思っちゃうよな」

「はい」

「だからおれも、いや、無理無理って断ったのよ。でもお母さん、あきらめないんだよね。何度も何度も来る。毎回初めてその話をするみたいな感じで来る」

「あぁ」としか言えない。

確かに、母にはそんな強さがある。鈍さと紙一重の強さだ。

「儲けを出すわけじゃないからどうにかやっていけますって言うんだよね。でもその代わりタダで貸していただけるとありがたいですって。笑っちゃったよ。でもその代わりって、どの代わりだよ、おれは関係ないだろ、と思って」

関係は、ない。まったくない。黒沼さんが正しい。

「でもそのうち、ウチのがお母さんにお茶とかを出すようになって。お茶飲んだりお菓子食べたりしながら話をしてさ。何でおれ断ってんの？　って思うようになっちゃったんだよね。仮に失敗したところでこっちに損が出るとかそういう話でもないし。だから、いいよって言っちゃった。おれは関わらないけどって。お母さん、うまいんだよ」

そう言って、黒沼さんは笑う。

母、うまそうだ。そのうまさが恥ずかしい。

「お客さん、それなりに入ってるみたいだね」

「はい」

「困ってる人は、いるんだな。普段は見えないけど」

そうなんだと思う。見えないから、いないと思ってしまう。見ないことで、いないと思える。人なんてそんなもんだ。

母がお盆を運んでくる。おれのと同じそれ。載ってるものも同じ。オーナーだから、の特別扱いはなし。

置かれたお盆を見て、黒沼さんは言う。

「おぉ、うまそう。これが、豆腐ハンバーグ？」

「はい」と母。

「家ではあまりつくんないよね？」

「つくるお宅もありますよ。難しいこともないですし。ウチはおみそ汁の具がいつもお豆腐なので、やらないですけど」

「豆腐なら、カロリーも低いの？」

「そうですね。お肉よりは。でも大豆だから栄養はありますよ」

「おれも五十だから、そろそろウチのにこういうのにしてもらうかな。五十でも、まだ肉は好きなんだよね。四十ぐらいからは魚も食べるようになったけど、やっぱり肉かな」

「お肉はお肉で、おいしいですもんね」

「うん。じゃあ、食べてみますよ。いただきます」

「どうぞごゆっくり」

母が去るのを待つ。やっぱ息子として言うべきだよなぁ、と思い、黒沼さんに言う。

「母にここを貸してくれて、ありがとうございます」

「いや、大したことはしてないよ。そのままにしとくぐらいならつかってもらったほうがいいし。カフェは二年で終わっちゃったからさ、壊すに壊せないんだよね。まだきれいで、さすがにもったいないから」

「これで壊したら、もったいないですね」

「カフェはさ、三十代のころからずっとやりたかったのよ。いや、二十代のころからか。何かいいじゃん、カフェのオーナーって」そして黒沼さんは言う。「あ、待たせたみたいになっちゃったね。食べようよ」

「はい」

「いただきます」

「いただきます」

黒沼さんはいきなり豆腐ハンバーグにいく。

おれはまずみそ汁から。いつもそうなのだ。口を湿らせるとかじゃなく、それで気持ちをメシ仕様に切り換える。

みそ汁はもう熱々ではないが、まだまだ温かい。うまい。

考えてみたら、マズいみそ汁なんて飲んだことがない。湯を注ぐだけのインスタントものだってそうだ。マズいと思ったことはない。具が少ないな、と思うくらいで。

ウチのみそ汁でそうなることはなかった。豆腐も、メッシ以外のもう一種の具も、たっぷり入ってた。おれはそれに慣れてた。だから逆に、インスタントものだと具が足りないと感じるのかもしれない。

続いて、さつまいもの煮物。子ども食堂のメニューだから、わからないでもない。でもさつまいもがごはんのおかずというのはどうなんだ、と思ったら。これもうまい。

たぶん、汁にメープルシロップがちょっと入ってる。おれは料理のことなんか何も知らないが、メープルものは好きだからわかるのだ。

学校帰りにコンビニで買い食いするときも、パンの棚にメープルものを見つけるとつい買ってしまう。すでに手にしてたグラコロバーガーを棚に戻してそちらを手にしたりもしてしまう。

おかずになんなくてもこれはいけるわ、と思いながら、二個一気に食べる。

そうやって食欲に火をつけたところで、豆腐ハンバーグ。ふっくらと言うほどふっくらしてはいない。まあ、そんなに厚くしたら火が通らないだろうし。と、それくらいのことは小学校の家庭科の授業でしか料理をしたことがないおれにだってわかる。

食べてみて、思う。これ、肉じゃないのか。

知ってるから豆腐だとわかる。でも知らなかったら、細かくした鶏肉か何かだと思ってしまうかもしれない。鶏のささみ的なものだから色白なのだと。

で、結局、うまい。米も進む。

「何だよ。うまいね」と黒沼さんに言われ、

「ですね」と返す。

何だよ、の意味がよくわかる。肉じゃないハンバーグなのにうまいのかよ、ということだ。何だよ、母。何だよ、クロード子ども食堂。ちゃんとしてんのかよ。これをタダで出してんのかよ。

昔母に訊いたような気もするが、答を忘れてたので、せっかくだからと黒沼さん本人に訊く。

「クロードって、どういう意味ですか？」

「ドビュッシー」

「え？」

「作曲家のドビュッシー。その名前。クロード・ドビュッシーっていうんだよ」

「クラシックとかですか？」

「そう。管弦楽曲なんかも書いてるけど、ピアノ曲が有名かな。版画とか映像とか」

「作曲家なのに、そんなのもやるんですか？」

「あ、いやいや。版画も映像も、ドビュッシーのピアノ曲集の名前。でも一番有名な曲は『月の光』か」

「それは、名前を聞いたことがあるようなないような」

「おれはショパンはダメだけど、ドビュッシーは好きでさ。有機栽培の豆で淹《い》れたコーヒーに有機野菜をつかったサンドウィッチを出すカフェ。流すのはドビュッシーのピアノ曲のみ。儲けは度外視で、そんな店をつくりたかったの。それでカフェ『クロード』。黒沼のクロも入るからちょうどいい」

「そういうことだったんですね」

「うん。『レントより遅く』っていぅ曲があってさ。これが閉店前にかけるのにぴったりなんだよね。もう閉店だなってお客さんもわかる。ちょっとさびしくて、でも一瞬華やかになって、静かに終わる。実際、オープンした日の閉店前にかけたときは、おぉっと思ったよね。自分で」

「おぉっ」とおれも言ってしまう。

黒沼さんはすぐに苦々しい顔になって言う。

「そんなふうにさ、形から入っちゃってたんだな。要するに、趣味の店。悪く言えば、金持ちの道楽。おれはそこまで金持ちじゃないけど、このぐらいならいいかと思っちゃったんだね」

「形から。受験勉強のときに机の前にとりあえず参考書を並べてみる、みたいな感じですか？」

「そう、かな。あれでしょ？　参考書とか問題集とかを並べただけで勉強した気になっちゃうっていう」

「はい。ぼくがまさにそれでした。問題集は真っ白なまま終了。それを買いに行った日も思ってました。問題集を買ったから今日の勉強は終了って」

思いだす。中三の冬休み。わざわざ電車に乗って、デカい書店に行ったのだ。問題集を買うからお金ちょうだい、と母に言って。

母は問題集代と交通費をくれた。そのお金だって、広く見れば、父が事故に遭ったことで松井家に入ったものだ。死亡保険金。父の命のお金。

どうにか第一志望の都立に合格し、受験は終わった。真っ白な問題集をそのまま捨てるときに初めてそのことに気づいた。今の黒沼さんみたいに苦々しい顔をしてたと思う。
カフェ『クロード』に、おれは一度も行かなかった。小学生だったから無理もない。でも近所の人たちはみんな行ってた。親が子を連れていったりもした。ウチにそれはなかった。松井家は黒沼家とちょっともめてたから。

そのもめの原因が、おれ。だからおれは、母がここで子ども食堂をやると聞いて驚いたのだ。
おれが小三の冬。東京に大雪が降った日があった。雪化粧どころじゃない。ふくらはぎに近いあたりまで足が埋もれてしまうくらい、雪が積もった。

小三男子と雪。その組み合わせはヤバい。おれは見事なまでのハイテンションになった。未開の地を見つけてはズボズボと足を踏み入れ、真っ白な雪面にポツポツと黒点を残した。雄叫びみたいなものも上げたと思う。

時に長所ともとれる小三男子の短所は、そのハイテンションが結構続いちゃうとこだ。高二の今でも、大雪が降れば、そこそこハイテンションにはなる。でもすぐに冷める。一、二時間で、このあと一週間は雪が残るんだよなぁ、ウゼえなぁ、と思うようになる。小三はちがう。明日を考えない。今を生きる。

まさに今を生きたおれは、学校から家に帰ったあとも一人で雪合戦をした。いや、一人だから合戦じゃない。単なる雪投げと言ってもいい。雪玉をつくっては、それをどこかへ投げた。初めは道に。次は児童公園に。といっても、亡くなる前の父がビールを飲んでたほうじゃない。駅とは反対方向にあるそれだ。

そこまでならよかった。でもおれはその先へ突っ走った。近くに落ちてた石を見て、これを入れたら雪玉が重くなってもっと遠くへ飛ぶかな、と思った。そして実際に石入り雪玉をつくってしまった。

もちろん、いけないことだと知ってた。そんなのは幼稚園児のころから知ってる。雪が降ったときに子どもが先生からまず教わるのがそれだ。おれもちゃんと教わった。教わってからかなり時間も経ってた。

で、小三。テンションはすでにマックス。おれはその石入り雪玉を投げてしまった。児童公園のほうへではなく、何故か道を挟んだ黒沼さんちのほうへ。

本当に何故かはわからない。小三男子だから、としか言えない。無理に説明すれば。建物の壁に当たったほうが安全だと直感したから、なのか。誓って言うが、人に向けて投げたつもりはない。対人の雪合戦でそれはしない。したことは一度もない。これマジで。

ガチャン！　と大きな音がした。パリン、ではすまなかった。おれはその音で初めて我に返った。えっ？　と思い、うっ！　と思った。テンションは一気に下がった。ダダ下がりだ。

何も考えられず、ただ立ち尽くした。ヤバい、という感覚だけがあった。で、どうしたか。とりあえず、逃げた。家まで一直線。まわり道をするとか、そんな知恵はなかった。雪の路面にくっきりときれいな足跡を残して、おれは家に帰った。

その逃げたところを、家のなかから黒沼さんに見られたらしい。足跡をたどられるまでもなく、犯人はおれだとバレた。

黒沼さんが家に来たのはすぐでもなかった。確か、午後六時すぎ。母がいる時間を見計らったのだろう。

玄関で事情説明を受けた母に、おれは呼ばれた。テンションは底も底。犯人というよりはもうすでに四人の気分だった。

黒沼さんは石を持ってきてた。証拠の品。おれが雪玉に入れた石だ。それだけ見ると、そんなに大きくはなかった。でも濃いめの灰色で、どこか凶悪な感じはした。

「これが窓ガラスに当たるんだから、割れますよ。石を入れちゃマズいでしょ」

激怒、ではなかったが、黒沼さんはそこそこ怒ってた。当然だ。いきなり石入りの雪玉を投げられ、窓ガラスを割られたのだ。恐怖さえ感じただろう。石と割れたガラス。どちらも危険。窓のそばにいたら大ケガをしてた可能性もある。新しいガラスが入るまで、一日二日は寒さも我慢しなきゃいけない。

「何で石入れたの」と黒沼さんに直接訊かれた。

答えられなかった。本当に、何でかわからないのだ。黙ってるしかなかった。今なら、小三だから、と答えられるが、小三にその説明はできない。

「でね」と黒沼さんは母に言った。「逃げるっていうのはやっぱりダメですよ」

「すみません」と母は深く頭を下げた。「自分でもびっくりして、ついそうしてしまったんだと思います。ガラス代は、もちろん、弁償します。主人が帰ってきたらキツく叱らせます。もう二度とこんなことはしないよう、二人でよく言って聞かせます。本当に、すみませんでした」

実際、その週の土曜には父も黒沼さんに謝りに行った。母と二人、今度はこちらから出向いた。母との関係はとっくに悪くなってたから、それもまたキツかっただろう。意外にも、おれは連れていかれなかった。そのときもまだへこんでたからかもしれない。

それから、おれは黒沼さんちに近づかないようになった。児童公園にも行かなくなった。行くなら、父がビールを飲んでたほう。でもそっちには鉄棒と砂場しかないから、ちっとも楽しくなかった。

おれだけでなく、父と母も黒沼さんとは疎遠になった。もともとそう近かったわけでもないが、はっきり遠くなった感じはあった。一度、あいさつしたんだけど返してくれなかった、みたいなことを父が母に言ってるのを聞いた。あぁ、やっぱそうなんだ、と思った。

そのあとすぐに黒沼さんはカフェ『クロード』をオープンさせた。

そして父は半年もしないうちに亡くなった。自分の息子は人の家の窓ガラスを割って逃げるようなやつ。そう思ったままだ。

豆腐ハンバーグを食べながら一気にそこまで考えた。

目の前の黒沼さんが言う。

「隆大さん」

「え?」

「お父さん。もう何年?」

「えーと、七年、ですかね」

「そんなか」

「はい」

「おれさ、今でもすごく悔やんでることがあんのよ」

「何ですか？」

「亡くなる少し前、隆大さんにあいさつされたんだけど、無視しちゃったんだよね」

「無視」

「まだ、こう、何というか、割りきれてないときでさ。駅の近くですれちがったの。隆大さんが気づいてあいさつしてくれたんだけど、おれは気づかないふりをしたのよ。隆大さんがおれに気づいたとわかったくらいだから、ほんとはおれのほうが先に気づいてたんだけど」

「あぁ」

わかる。誰でも経験があるだろう。そう親しくもない相手を見かけてしまったとき。ちょっと距離もあるし、わざわざあいさつしなくてもいいか、と思ってしまうのだ。

「隆大さんも、おれが気づいてたことに気づいたと思うんだよね。それからそんなに経たないうちにああなっちゃったでしょ？　だから悔やんでんのよ」

「でも、葬儀には来てくれましたよね」

「そりゃ行くよ。近所の人間だし。ほんとはその場で奥さん、松井さんに謝りたかったけど、場所が場所だからそれもできなくて。だから松井さんが店を貸してくれって言ってきたときは驚いたよね。何の巡り合わせだろうって」

「ぼくも、驚きました」

「何でここでやるんだよ、と思った？」

「まあ、はい」

みそ汁を一口飲んで、黒沼さんは言う。

「もう高校二年かぁ。あのときは、何年？」

あのとき。おれが窓ガラスを割ったときだろう。

「小三ですね。四年生になるちょっと前」

「そうか。あのときの航大くんの顔、今も覚えてるよ。ガラスを割ったときじゃなく、おれが君んちに押しかけてったときね。地獄行き決定、みたいな顔してた」

「はい。決定でした」

「お父さんとお母さんに怒られた？」

「それなりには」

「実はさ、あれが後押しになったのよ」

「はい？」

「カフェ『クロード』をやる」

「そうなんですか？」

「そう。その前からずっと考えてはいたの。でも踏みきれずにいたんだね。そこへあの、ガチャン！　それで決めたわけ。これを機にやっちゃおう、ガラスだけを替えるんじゃなく一気に改装しちゃおうって。だから、ほら、しばらくはガラスを入れてなかったの。覚えてない？　ブルーシートとテープで一時的に補修するだけにしたんだよ」

「気づきませんでした」

本当に気づかなかった。近寄らなかったからだろう。

「で、まあ、二年でつぶれて。今度は子ども食堂」

「ウチ、ムチャクチャ絡んじゃってますね」

「絡んでるねぇ」と黒沼さんは笑う。「こないださ、ふと思ったよ。実は全部松井さんの計画だったんじゃないかって」

「どういうことですか？」

「まずは小三の航大くんにウチのガラスを割らせて、カフェに改装させる。どうせすぐにつぶれるだろうから、そのあとに子ども食堂をやらせてくれと申し出る」

「いや、さすがにそれは」

「冗談冗談。店がつぶれない可能性だって、少しはあったはずだからね。二パーセントぐらいは」

「二パーセントですか？」

「そんなもんでしょ」

当然だが、母がそんな計画を立てたはずはない。もしそうなら、母は父の死まで予測してたことになるのだ。自分が子ども食堂をやるという発想は、たぶん、父の死を受けてのものだから。

「ほんとにさ、あのあと、隆大さんとちゃんと話しておけばよかった」

「それは、ぼくも思います。もうちょっといろいろ話しておけばよかったって。何せいきなりだったから」

「そうだよなぁ。それが事故なんだよね」

「はい」

豆腐ハンバーグを食べ、ごはんを食べる。生野菜サラダも食べ、みそ汁を飲む。で、また豆腐ハンバーグに、ごはん。

ちょうど空いたおれのごはん茶碗を見て、黒沼さんが言う。

「航大くんはきれいに食べるね」

「米粒は残すなって、母に言われてるんで」

そもそもは父に言われてた。幼稚園児のころからだ。それを母が引き継いだ。父が亡くなってからも言いつづけた。

学校なんかでは、お米をつくってくれた人のことを考えて、ごはん粒は残さず食べましょう、みたいなことを言われる。現実には、そこまで考えない。人は、顔も知らない他人のことまでは考えられない。もっと近いとこでいい。食器を洗う人のことを考えたら、ごはん粒は残せない。それは、母が言ったことじゃない。父が言ったことだ。食器を洗うのはいつも母。だから父はそう言った。

そう。そうなのだ。母とほとんどしゃべらなくなってからも、父はおれにそう言った。それを言わなくなることはなかった。

　どういうことか。

　ちゃんと母を思ってはいたということだ。母を適当に扱ったりはしなかったということだ。母も父を適当に扱いはしなかったように。

「黒沼さん」とおれは言う。

「ん？」

「ごめんなさい」

「え、何？」

「いや、窓ガラスのこと、ちゃんと謝ってなかったから」

　黒沼さんがウチに来たとき、おれは謝ってない。母は何度も謝り、おれに頭を下げさせもした。が、おれ自身はちゃんと謝ってない。そのときは自分も謝ったように錯覚してた。でも考えてみれば、母のあとに、うん、とか、そう、とか言ってただけだ。

　そこへ白岩さんがやってきて、こう尋ねる。

「デザート、もうお出ししてもいいですか？」

「あ、デザートもあんの？」と黒沼さん。

「はい。今日はバナナのケーキです」

「おぉ。じゃ、お願いします」

「はい。お待ちください」

白岩さんの後ろ姿を見ながら考える。

まさか今日この場で黒沼さんに窓ガラスのことを謝るとは思わなかった。ササッと顔を出して終わり。速攻で家に帰ってプレステ。そんなふうに思ってたのだ。

牧斗くんとは仮面ライダーの話をした。黒沼さんとは窓ガラスの話をした。こうなったら。もうやっちゃえ。迷ってたってことは、やりたいと思ってたってことだろ。なら、やっちゃえ。

クロード子ども食堂のオープンが正式に決まったとき。誰か呼んでもいいよ、と母に言われた。知り合いに困ってる子がいたら呼んでもいい、ということだ。ぜひ呼んで、ということでもある。

真っ先に頭に浮かんだのが七香《ななか》だった。永島《ながしま》七香。元カノだ。中学時代の。

だからこそ、声をかけられなかった。中学時代の元カノというのは微妙だ。大した関係ではない。好きは好き。でも、だからどうこうはない。せいぜい、公園でデートをするとか、たまにはがんばってハンバーガー屋に行くとか、その程度。二人きりになったら、緊張でほとんど話さない。手もつながない。デートをしたというその事実を、あとで一人で楽しむだけ。

それでも、永島家の暮らしが楽でないことは知ってた。大きな病気をしたせいで、七香の父親は働いてなかったのだ。

都立高に続いて私立高の授業料無償化も始まったからたすかった、と七香は言ってた。交わした数少ない会話の一つがそれ。でもおしゃれな制服代とか修学旅行代とか結構かかりそうだから都立にする、とも言ってた。

実際、都立に行った。おれとはちがうとこだ。七香の学校は、おれの学校の二駅先にある。路線は同じだから、たまに見かけたりもする。声はかけない。黒沼さんではないが、気づかないふりをする。

七香に限った話じゃない。まさにさっきのあれ。ちがう高校に行くと、ほかの知り合いでもそうなるのだ。そこで声をかけられるのは、かなり親しかった友だちだけ。おれで言えば、七香と同じ学校に行った深江令吾《ふかえれいご》とか。

その令吾には、七香のことをそれとなく訊いたこともある。

七香はおれと同じで部活をやってないらしい。理由はおれとはちがう。何かダルいから、ではない。バイトをしてるからだ。

学校からの許可は得てるみたいだと令吾は言った。たいていの高校はそう。基本、バイトは禁止。するなら許可をとらなければならない。七香の理由は、聞かなくてもわかる。家がキツいからだ。家がというか、家計が。それは理由の最上位。学校はまちがいなく許可を出す。

何のバイトをしてるかまでは、令吾も知らなかった。高校生ならコンビニとかファストフードとかだろ、と興味なげに言った。知っとけよ、と文句を言ったら、何でだよ、と返された。で。

黒沼さんに謝った今、何故かおれは動きたくなった。子ども食堂をやると決めたらすぐに動いた母みたいに。

「すいません。ちょっと電話を」

黒沼さんにそう言って席を立ち、店を出た。

児童公園の側、ちょうど小三のおれが黒沼さんちに石入り雪玉を投げつけた辺りに立ち、スマホで電話をかける。さすがにもうＬＩＮＥはしてないから、電話。

七香はおれの番号を残してるかな、と思う。残してなかったら、出ないかもしれない。画面には知らない番号が表示されるだけだから。

出た。

「もしもし」

「もしもし。あ、えーと、永島さん、ですか？」

「うん。松井くん？」

「そう。久しぶり」

「久しぶり」

「よかった、出てくれて」

「どうしたの？　何？」

「えーと、何ていうか、ほんと、久しぶり」

「うん。久しぶり」

どう切りだしていいかわからない。でも引きのばすのも変。言ってしまう。

「あのさ、今、ウチ、子ども食堂をやってるんだよね」

「子ども食堂」

「うん。知ってる?」

「知ってはいるけど。何、松井くんの家でやってるの?」

「そうじゃなくて。近くのカフェで。というか、元カフェで。前にウチのそばにカフェ『クロード』ってあったの、覚えてない?」黒沼さんに失礼だと思いつつ、こう説明する。「いきなりできて、すぐつぶれた店」

「あぁ、わかる。ちょっとしゃれたお店でしょ?」

「そう。そこでやってる。おれの母親が、何か、やろうと思い立ったみたいで」

「そうなんだ」

「で、おれも手伝いみたいなことをさせられてて。いや、別に手伝ってるわけではないんだけど、今日初めて来て。そんで」

「そんで?」

言え。言っちゃえ。

「永島さんも、ごはん食べに来ない?」

ちょっと間を置いて、七香は言う。

「あぁ。そういうこと」

君は貧しいんだから来ない?と言ったも同じ。不快な思いをさせたか、と思う。

「何、呼んでくれるの?」

「まあ、うん。もしよかったら」

「ウチは今、ぎりぎりだいじょうぶではあるんだけど。お父さんの具合もちょっとよくなって」

「そうなんだ。よかった」

「お母さんは働いてるし、わたしもバイトしてるし」

「らしいね」とつい言ってしまう。

「知ってるの？」

「えーと、令吾に聞いた」

「あぁ。深江くん。仲よかったもんね。それで、いつやってるの？　子ども食堂」

「今日もやってるよ。第二木曜と第四木曜。午後五時から午後八時。だから、もしかしたら間に合うかと思って」

「今日はごはんの用意をしちゃった」

「そうか。もう七時だもんね」

「次のときに行かせてもらう。でも。ぎりぎりだいじょうぶなわたしなんかが行ってもいいの？」

「いいよ」

「あ、そうだ。じゃあ、もう一人連れてってもいい？」

「うん。友だち？」

「近所の子。小学生。今、四年生かな。イケハラジンスケくん。お母さんは働いてて、夜はいつも一人なの。ジンスケくんのほうがわたしよりずっとたすかると思う。でも一人では行きづらいだろうし」

「だったらぜひ」

「じゃあ、声をかけてみる。連れていけるようなら連れていくね」

「うん。待ってる。おれも、次はずっといるようにするから」

「わかった。ありがと」

「じゃあ」

「じゃあ」

電話を切った。

牧斗くん→黒沼さん→七香。急展開。

動くもんだ。自分が動きさえすれば。

おれは木のドアを開けてクロード子ども食堂に戻る。ちょうどバナナのケーキの皿をテーブルに置いた母に言う。

「次回、二人、いいよね?」そしてこう続ける。「おれもまた来るから。手伝うから」

午後七時

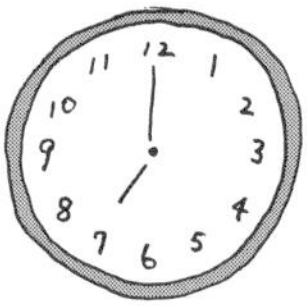

ありがとう

石《いし》上《がみ》久《ひさ》恵《え》

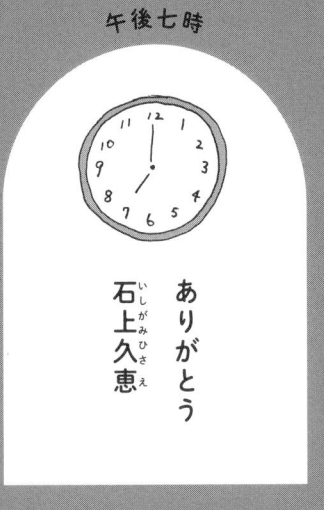

バナナのケーキを黒沼さんと航大くんに出して戻ってきた波子さんが、厨房《ちゅうぼう》にいるわたしと多衣さんに言う。

「ハンバーグ、あと二つ三つつくっておきましょうか。わたしたちも食べるし。残ったら航大に食べさせるから」

「はい」と応えた多衣さんにわたしが言う。

「じゃあ、やらせてもらっていい？」

「お願いします」

さっそくとりかかる。

まずは手を洗い、ビニール手袋をはめる。もちろん、マスクは初めからしてる。包丁もまな板も消毒する。一番マズいのは食中毒を出すことなのだ。そうなった時点で子ども食堂は終わる。食中毒を出した子ども食堂に、親は子を行かせない。

豆腐ハンバーグの主な材料は木綿豆腐とひじきとにんじんと山芋。山芋はさつまいもとかぶるが、そのままの形で出すわけではないから気にならない。

豆腐は数分煮てざるにあげる。ひじきとにんじんは包丁で細かく刻《きざ》む。にんじんだけではない。ひじきも細かくする。長いままだと、子どもは見た目でいやがるかもしれないから。手間がかかるがしかたない。素人調理人が手間を惜しんではいけない。

すりこぎで豆腐をつぶし、すった山芋と混ぜる。粗製糖やしょうゆも入れる。さらに茹でたにんじんとひじきを合わせ、よくこねて丸める。あとはフライパンで焼くだけだ。

あんかけのあんは、かつおだしと粗製糖としょうゆを混ぜて沸かし、片栗粉を加える。具はしめじだ。きのこ類は苦手な子もいるが、やや甘いその感じだと食べてくれる。

「久恵さんて、いろいろ上手ですよね」と多衣さんが言い、

「主婦歴が長いだけよ」とわたしが言う。

「結婚して、何年ですか？」

「えーと、二十、四年？　五年？　どっちか。長すぎて、自分でもよくわからないわ」

とりあえず下ごしらえを終え、一段落。厨房からテーブル席のほうを見る。

厨房といっても、カフェのそれ。独立してはいない。あくまでも、カウンターの内側。

調理担当は二人がベストだ。狭いから、三人だとキツいかもしれない。

そのあたりが今後の課題だろう。今はお客さんが二十人程度に収まっているからだいじょうぶ。あらかじめそれを少し超える分の料理を下ごしらえしておき、再加熱して、出す。さらに超えるようなら、あらためて調理をする。

だがもし四十人五十人と来るようになったら、素人の調理担当者二人で対応できるのか。

わたしは単なる主婦調理人。多衣さんも、レストランの厨房で働いた経験があるとはいえ、料理人だったわけではない。

このクロード子ども食堂の前身であるカフェ『クロード』で同じく素人の黒沼さんが一人で店をまわせたのは、サンドウィッチ程度しか出さなかったからだろう。そして失礼ながら、お客さんがそんなに入っていなかったからでもあるだろう。

お客さん五十人が当たり前になったら、いくらか謝礼を出してでも専門の料理人さんに手伝ってもらうのか。それとも。一日に受け入れるお客さんの数の上限を決めてしまうのか。

波子さんとは、そんなことをよく話す。

わたしが改善案を出せば聞いてくれるし、白身の案についての意見をわたしに訊いてもくれる。波子さんは五十九歳のわたしより十五歳も下。にもかかわらず、時々、歳上であるように感じる。老けている、ということでは決してなく。

波子さんだけではない。クロード子ども食堂にいるボランティアスタッフは、ほかの四人全員がわたしより歳下だ。多衣さんは二十一歳下。ほぼ娘。残る二人、凪穂ちゃんと鈴彦くんに至っては、三十八歳下の大学生。ほぼ孫。

今日のおかずは豆腐ハンバーグ。子どもたちの食物アレルギーに配慮して、多衣さんが考えた。肉はつかわない。卵もパン粉もつかわない。すごいな、と感心した。

調理担当はその多衣さんとわたし。リーダーは多衣さん。波子さんがそう決めた。わたしもそれでよかった。

多衣さんは申し訳なさそうに、石上さんのほうがいいんじゃないですか？　と言ったが、いえ、経験者の多衣さんにしましょう、と波子さんがきっぱり言った。そして笑顔でこう続けた。わたしも料理人ではないので、専門的なことは何もわかりません。息子に料理をほめられたこともないですし。だからどうしても経験者には頼りたいです。久恵さんには、サポートのすべてをおまかせします。多衣さんも久恵さんも、どうかよろしくお願いします。

主宰者の波子さんがそう言ってくれたことで、気が楽になった。多衣さんも同じだと思う。この多衣さん、結婚しているが、体の事情で子どもは産めない。前回このカウンターのなかで、多衣さんはどうしてこれをやろうと思ったの？　とわたしが軽い気持ちで訊いたときに話してくれた。

波子さんも知っているのかと思ったら、そうではなかった。多衣さんは最後にこう言った。話したのは久恵さんが初めて。波子さんにもまだ言ってないですよ。応募したときに言ったのは、子ども絡みのボランティアがしたくて、ということだけだったらしい。

ここへは母親と一緒に来る子もいる。一人で来る子もいる。家があまり近くない子は、わたしたちが送っていく。時間帯によっては調理担当者も手すきになるので、わたしが送っていくこともある。実際にそうしたのは二度。小二の男の子と小三の女の子。送りがてら話しかけてみたが、どちらもあまり応えてくれなかった。

食堂内でも、しゃべらない子はいる。いただきますもごちそうさまも言わない子もいるし、訊かれたことに答えない子もいる。

緊張してるんですよ、と波子さんは言う。知らない大人に囲まれてるわけだから。とにかく来てもらうことが大事。徐々に慣れてくれますよ。

幸い、これまで忘れものはない。配膳担当の鈴彦くんが入念にチェックしているからだ。一度、女の子がハンカチを床に落として帰ってしまったことがあった。やや遅れてそれに気づいた鈴彦くんが駆け足で追いかけた。そして二分ほどで戻ってきた。無事渡せたという。

だが前回初めて、恐れていたケンカ騒ぎがあった。三谷海勇くんと広橋冬真くんのあいだで、ちょっとしたもめごとが起きたのだ。そばには受付担当の凪穂ちゃんがいたが、何もできなかった。すぐに波子さんが割って入り、二人を落ちつかせた。

やはりそういうことは起こる。わたしが子育てをしていたのはもう二十年ぐらい前。しかも子は娘だから、その手のことはあまりなかった。男の子同士だと、あるのだ。

冬真くんはもう来てくれないのではないかと思ったが、そんなことはなかった。今日もいつものように午後五時半すぎに来てくれた。そしてごはんを食べ、午後六時半前に迎えに来たお母さんと帰っていった。

だが海勇くんは来ていない。もう午後七時すぎだから、来ないかもしれない。来るときはもっと早いのだ。だから冬真くんと一緒になり、あんなことにもなった。もしかしたら。冬真くんよりもむしろ海勇くんのほうが来づらいのかもしれない。

そして今日はもう一つ、また別の懸念事項がある。

開店と同時に、いや、正確には開店の少し前にやってきた水野賢翔くん。その賢翔くんを迎えに来ることになっているお兄ちゃんがまだ来ていないのだ。

ここへは引っ越してきたばかり。賢翔くんは道がよくわからない。お兄ちゃんの携帯電話の番号も覚えてはいない。

わたしも、カウンターから出たとき、鈴彦くんと相席でごはんを食べていた賢翔くんに声をかけてみた。おいしい？　と言ったら、鈴彦くんに促された感じではあったが、うん、と言ってくれた。それはうれしかったが、やはり不安だ。このままお兄ちゃんが迎えに来なかったら。わたしたちにはどうすることもできない。松井さんやわたしの自宅に連れ帰るわけにもいかない。結局、警察にまかせるしかない。五度めの開催でそんなことになってしまったら、何というか、苦い。

お客さんにお茶を注ぎまわって戻ってきた波子さんがいきなり言う。

「やっぱり登録制にしたほうがいいのかな。どう思います？　久恵さん」

「それは、どうして？」

「ずっと考えてたんですよ。ほら、さっきの森下さんみたいなことになっちゃう可能性はどうしてもあるから。毎回訊くんじゃなく、あらかじめ利用者登録をしておいたほうがいいのかなぁ」

さっきの森下さん。森下牧斗くんのお母さんだ。

今日も強烈だった。タイトなスカートにハイヒール。濃いめの化粧。受付の際には、食物アレルギーに関するこちらからの質問に難癖をつけた。知らない人にそこまで明かさなきゃいけないのかと。

子どものアレルギーを訊く。そんなの当然だろう。母親なら、学校から毎年訊かれているはずだ。

普通の飲食店では訊かれない、との理屈だったのだろうか。だがそれは、お客さん側の自己責任という前提があるから。子ども食堂では、無料だからこそ訊く。訊かずに食べさせてアレルギー症状が出たら困るから。無料だから適当なことをやってる、ととられてはかなわないから。そのぐらい、わかるだろう。

さらに森下さん、今日は一緒にごはんを食べるのかと思ったら、牧斗くんを置いてふいっと出ていってしまった。戻ってこないのかと思ったら、一時間ぐらいで戻ってきた。そこではごはんを食べると言い、また難癖をつけた。子ども食堂の親からでもお金をとるのかと。

大人まで無料にしたらどうなるか。子ども食堂が大人たちで溢《あふ》れ返ってしまう。単なる食料配給所になってしまう。それはそれで必要だが、子ども食堂がやることではない。やはりそのぐらい、わかるだろう。

そして実際に森下さんはごはんを食べた。すでに食べ終えていた牧斗くんを待たせて。

波子さんがわたしに言う。

「森下さんは戻ってきてくれたけど、あのまま戻ってこない人もいるかもしれないですよね。そうなったら、わたしたちが子どもを送っていかなきゃいけない。それはいつものことだからいいんですけど。送っていったそのとき、お母さんが家にいないこともあり得ます。その子自身がカギを持ってなかったら、家には入れない。わたしたちも、その子を置いて帰っちゃうわけにはいかない」

「そうかぁ」

「だから、そういうときのことまで保護者のかたと詰めておく必要があるのかなぁ、と思ったりもして。ただ、それでもねぇ」

「それでも？」

「やっぱり、会員制みたいにはしたくないんですよ。食堂の感じ、オープンな感じは、どうしても残したい。そうと知らずに一人で食べに来てくれた子に、会員制なので次回からね、なんて言いたくないもの」

「そこは、その場で会員にすればいいんじゃない？」

「もちろん、そうするでしょうけど。たとえ親子連れで来てくれたとしても、会員にならなきゃいけないと知ったら、じゃあ、いいです、になっちゃうかもしれないし。それじゃ意味ないんですよ」

確かにそう。そのあたりは難しい。ある程度のルールを定めなければ、子ども食堂を託児所扱いする親が出てくるかもしれない。それぞれがそれぞれに合うやり方を見つけるしかない。問題はあるのに正解がない。本当に難しい。

問題。それは、五十九歳のわたしにもある。

子ども食堂に来る子どもたちや親たちのそれにくらべれば大したものではないかもしれないが。わたし自身にとっては深刻だ。この半年で、より深刻になった。ありきたりといえばありきたり。夫清敏《きよとし》とうまくいっていないのだ。

清敏とは、今、二人で暮らしている。三年前に娘潤奈《じゅんな》が嫁いだことでそうなった。

潤奈は三十歳で結婚して吉沢《よしざわ》姓になり、家を出た。今は夫の誠也《せいや》さんと二人、都内東部のマンションに住んでいる。潤奈と誠也さん、どちらの勤務先にも近いのでそこに決めたのだ。

どちらも二十三区内だが、マンションからわたしの家まで一時間はかかる。来る理由がないので、潤奈はそんなに来ない。行く理由はそれ以上にないので、わたしも行かない。

潤奈は主に佃煮をつくる食品会社に勤めている。誠也さんは男性下着をつくる会社に勤めている。二人は大学が同じだった。同級生ではない。潤奈のほうが上だ。しかも三年ちがい。潤奈が四年生のときに誠也さんが一年生。サークルで知り合ったのだ。先輩と後輩として。

サークルは、イベントサークルとかいうもの。話を聞いても、何だかよくわからなかった。ただ、決して遊び歩くだけのサークルではないようで、時折ボランティア活動もしていた。

そう。だから、今わたしがこのクロード子ども食堂でボランティアスタッフをしているのは、その影響でもあるのだ。娘からの影響。娘がそういうことをしていたのに親はしないの？ という弱めの自責の念に駆られた結果。

ともかく。潤奈が家を出て、清敏と二人になった。もちろん、娘が嫁いでよかった、とは思った。が、清敏と二人はキツいな、とも思った。

当時、清敏はまだ五十九歳で、定年前。フルタイムで働いていた。勤めているのは、主にカーテンを扱うインテリア会社。

東京支社や多摩《たま》営業所に長くいられたから、それはよかった。ただ、定年後の再雇用では週三日の時短勤務になった。会社に強制されたわけではなく、本人がそれを望んだ。おれは仕事人間じゃないからね、とのんきなことを言っていた。仕事人間ならよかったのに、とは言えなかった。

結果、清敏が家にいる時間が増えた。一緒にいる時間が長くなった。そうなれば、どうしても衝突は増える。

本人は妻に協力的だと思っている。役に立っていると思っている。だから余計にタチが悪い。部屋の掃除をしても掃除機は片づけなかったり。おフロ掃除はすでにきれいな部分をスポンジで撫《な》でるだけだったり。一番やってほしいトイレ掃除は頼んでもやらなかったり。買物中のわたしにわざわざ電話をかけてきて、メシはまだなのか？　と言ったり。お茶碗を洗うときに大変だからごはん粒は残さないで、と何度言っても残したり。

清敏は食にこだわりがない。無頓着と言ってもいい。わたしの料理をマズいとは言わないが、うまいとも言わない。温かくしさえすれば、何でもいいのだ。便利は便利だが、張り合いはない。

それでも、とんかつはロースよりヒレが好きとか、魚はぶりよりさばが好きといった細かな好みはあるから、対応はしていた。とんかつは自分で揚げていたし、さばはみそ煮でなく、より好まれる塩焼きにした。

だがあるとき、どうしても時間がなかったので、スーパーで買ってきたとんかつを出したら、これうまいな、と清敏は言った。しかも、売場にそれしか残っていなかったから、ロース。以後、自分で揚げるのはやめた。

ついこないだは、いきなりこんなことも言いだした。なあ、ウチでさばのみそ煮って出てきたことないよな。つくるのが面倒なのか？

だってあなた塩焼きが好きでしょ、と言ったら、清敏はこう言った。おれはみそ煮のほうが好きだよ。定食屋ではそればっかり食ってる。文句言っちゃ悪いから、しかたなく我慢してただけだよ。

歳甲斐《としがい》もなく、激怒しそうになった。たったそれだけのことを、清敏は何年も言わなかったのだ。ほかにもそんなバカげた行きちがいがたくさんあるのだろう。それが次々に判明するのだろう。

この先もずっとこれが続くのか、と思った。今はまだ三日働いているからいい。あと何年かでそれもなくなる日が来る。清敏がもういいと思えば、それは半年後かもしれない。明日かもしれない。

勤める会社の本社は名古屋《なごや》。だから清敏がそちらに単身赴任していた時期もある。潤奈が中二から高三までの五年。潤奈が転校を望まず、高校の途中で東京に戻ることになる可能性もあったので、その単身赴任を選択した。

清敏自身は娘と離れてさびしかっただろうが、そうなってよかったとわたしは密《ひそ》かに思っている。

高校と大学。その五年で潤奈には二度の受験があった。清敏がそばにいなかったのは、潤奈にとってもよかったはずだ。一緒にいたら、清敏は余計な口出しをしただろうから。例えば、文学部で就職できるのか？　と言ったり、女子は浪人しないほうがいいなんてお父さん言わないからな、と言ったり。そのあたり、清敏は少し鈍いのだ。よく言えば、大らか。悪く言えば、無神経。

二十年前から十五年前まで。それはわたしにとってもいい時期だった。自身の年齢で言うと、三十九歳から四十四歳まで。

そのころからうまくいっていなかったわけではないが、清敏と離れることで、何というか、リフレッシュできた。結婚して十四年。ちょうどよかったのだ。息抜きにしては長いが、いい五年になった。潤奈と二人での暮らしを楽しむこともできた。わたしもパートに出ていたから、潤奈もあれこれ手伝ってくれた。

清敏が名古屋で浮気をするのではないか。そんな不安はなかった。そういうことをする人ではないとわかっていた。

それでも不安になるのが夫婦。かどうかは知らない。わたしはならなかった。夫への愛が薄いと言われるなら否定はしない。いいえ、わたしは夫を愛しています、と声高《こわだか》に言うつもりもない。だからといって、誤解はしないでほしい。愛しているか愛していないかと訊かれたら、愛しています、と答えはする。わたしたちに限らない。少なくとも四十代以上なら、多くの夫婦がそんなものだと思う。

潤奈の大学受験も終わり、清敏が東京支社に戻れることになった。よかったね、と潤奈はすんなり言った。父親不在の期間が、まさにちょうどよかったのだ。父親とのあいだに変な摩擦《まさつ》を起こさずにすんだ。勝手に部屋に入らないでよ。下着を一緒に洗濯しないでよ。そんなことを言わなくてすんだ。

名古屋から引きあげてきた清敏に、潤奈は、五年間おつかれさま、とプレゼントを渡した。一万円ぐらいの腕時計だ。

わたしにも黙っていたので、さすがに驚いた。マズい、妻のわたしが何も用意してない、と思った。だから、わたしのおごり、と言い、清敏と潤奈をホテルのディナーに連れていった。一人一万円で、計三万円。ほぼ三十時間分のパート代が消えた。まあ、潤奈も喜んでいたのでよしとした。

また親子三人での暮らしが始まった。潤奈が行った大学は、凪穂ちゃんや鈴彦くんが今行っているのとはちがうところだが、家からそう遠くはない。だから自宅から通った。

そして四年後に今の会社に就職した。清敏も口は出さなかった。民間の会社は何があるかわからないから公務員のほうがいいんじゃないか？　と言ったり、食品以上に不況に強そうなインフラ関係の会社はどうだ？　と言ったりすることはなかった。それを言ったのは、わたしに。潤奈にそんなこと言わないでよ、とわたしは清敏に釘を刺した。あの子はあの子で考えてやってるんだから、と。

その会社へも通えたため、働きだしてからも潤奈は自宅に住みつづけた。電車だけで四十分、ドア・トゥ・ドアで一時間だから、仕事に慣れたらもう少し近いところにアパートを借りようと考えてもおかしくない。潤奈は考えなかった。もしかしたら。両親の微《かす》かな不和を感じとっていたのかもしれない。二人きりにするのはよくないと、そう考えてくれたのかもしれない。

だがさすがにそれも三十歳まで。潤奈は誠也さんと結婚した。

誠也さんの会社は、清敏の会社同様、本社が東京ではない。名古屋より遠方。大阪だ。だからいずれ異動もあるかもしれない。一度はあるだろうと、誠也さん自身も覚悟している。そうなったらついていくと潤奈も言っている。そのときは退職して大阪で仕事を探すつもりなのだ。子を産むことも視野に入れ、パート勤務でもいいと考えている。

今年のお正月、誠也さんと二人で泊まりに来たときにそんなことを話してくれた。潤奈が大阪に行ってしまったらつらいな、と思った。だがそこで、娘を嫁に出した母親が、お願いだから行かないで、とは言えない。清敏は清敏で、潤奈も立派な奥さんになったなぁ、とまたのんきなことを言っていた。

だから、今は清敏と二人。そうなってもう三年になる。もう三年。まだ三年。

清敏と二人での暮らしは、この先どちらかが死ぬまで続く。おそらくはわたしが残る。そのときは一人。それも悪くない、と思った。そう思えるなら今からでも。ふとそんなことも思ってしまった。

離婚。

初めてその言葉が頭に浮かんだ。青柳久恵、というそもそもの自分の名前を久しぶりに意識した。まだ自分でも夢想を楽しむ段階ではある。だがその文字が出てきてしまったのは大きい。

清敏の出勤日は、月、水、金。木曜日は家にいる。だからクロード子ども食堂の開催が第二第四木曜というのはわたしにとって都合がいい。事前に一度おこなわれる打ち合わせも一週前の木曜になることが多いので、清敏も、木曜はわたしが不在、との認識でいるようになった。その意味でも、ここのボランティアスタッフになってよかったと思う。

もちろん、それ以外にもよかった点はある。まずは、若い人たちと知り合えたこと。なかでも、凪穂ちゃんと鈴彦くんと話すのは本当に楽しい。何だか、潤奈が大学生だったころに戻ったような気がする。凪穂ちゃんはしっかりした鈴彦くんと結婚すればいいのになぁ、と思ったりもする。

ただ、やはり一番よかったのは、波子さんと知り合えたことだ。

きっかけは、ホームページを見たこと。子ども食堂の記事を新聞で読み、この区にもあるのかな、とインターネットで調べてみた。それで見つけたのだ。

八月のオープンに向けてボランティアスタッフを募集します、と書かれていた。主宰者の名前を見て驚いた。松井だけならわからなかっただろう。下の波子で、えっ？　と思った。松井さん？　近所の松井さん？

それまでは、顔見知りという程度。会えばあいさつをしていただけ。立ち話まですする間柄ではなかった。

だが惹かれた。すぐ近くでやれるならいいな、と思った。確か、松井さんの息子さんは潤奈が行ったのと同じ高校に通っているはず。それも縁といえば縁だろう。ただ、近所の人だと、逆にやりづらい部分もあるかもしれない。

三日ほど迷い、連絡することにした。清敏が出しっぱなしにした掃除機を片づけているときにそう決めた。

波子さんは車の事故で夫を亡くしている。近所なので、それも知っていた。もちろん、わたしからそのことに触れたりはしなかった。が、連絡をとって初めて会ったとき、波子さんが自ら触れた。家族の話題は避けるとか、そんなふうに気をつかわせるのは申し訳ないので、と言って。子ども食堂を始めようと思ったきっかけについても話してくれた。それにも夫の隆大さんが絡んでいた。

そこまで個人的なことを話してくれたから、わたしも清敏のことを話している。すぐにとはいかなかったが、子ども食堂がオープンする前にはもう話していた。十五歳下とはいえこの人は信用できる、と思ったのだ。前々回の子ども食堂のときには、離婚という言葉も出した。熟年離婚みたいになる可能性もゼロではないかも、と。

そうしたことは、冗談めかして凪穂ちゃんにも話している。雑談をしていたときに、凪穂ちゃん自身が、ウチの両親はずっと離婚の危機でしたよ、もしかしたら今もまだ危機かも、と言ったからだ。父親がリストラに近い形で転職してから、母親との関係がおかしくなったのだという。わかるわかる、とつい話に乗ってしまった。

凪穂ちゃんは、一言で言えば、ドライ。この子ども食堂のボランティアも、就職活動のためにやっている。本人がそう言ったわけではないが、見ていればわかる。割りきってやっている感じがする。

波子さんもそれはわかっている。だがそのことで何か言ったりはしない。

わたしも、だから凪穂ちゃんはよくない、とは思わない。そんなものなのだ。若い世代に限ったことではない。わたしだってそう。子どもたちに温かいごはんを食べてほしい、その手だすけがしたい、とは思っている。が、それだけではない。わたしは、やはり自分のために動いてもいる。自分が何かやりたいから、している。

そんなだから、いい歳をして、揺れてしまう。おいしそうに豆腐ハンバーグやバナナのケーキを食べる森下牧斗くんを見て、よかったな、と思い、母親の森下貴紗さんを見て、よくないな、と思う。いちいち反応してしまう。波子さんとちがい、すべてをあるがままに受け入れることができないのだ。

だから今も、食べるだけ食べて何も言わずにスッと帰ってしまった中学生の男の子のお盆を下げてきた波子さんに、つい言ってしまう。

「ありがとうとかごちそうさまとか、せめて何か一言、言ってくれればねぇ」

お盆に載ったお皿の一つ一つを流しに下げる。食べてくれたのは豆腐ハンバーグとバナナのケーキだけ。ごはんとおみそ汁はどちらも半分ぐらい残っている。生野菜のサラダは手つかず。

「ありがとうかぁ」とカウンターの外で波子さんが言う。「わたしね、子ども食堂を始める前に考えたんですよ。子どもにありがとうを言われたい、みたいになるのはよそうって。笑顔は見たいけど、ありがとうまでは望むまいって」

「それは、言われたくない？」

「言われたらうれしいです。でも期待はしないです。言われたいっていう気持ちは、いつの間にか言わせたいに変わっちゃいそうだから」

「うーん」

わかりそうでわからない。言わせたいでも、別に悪くはないような気がする。

手を止めて考えるわたしに、波子さんが言う。

「来てくれてありがとう。それでいいんですよ。うれしいじゃないですか、来てくれたら。お母さんに連れられてじゃなく、一人で来てくれる子だっているんですよ。行きたいと思ってくれたということは、ここを認めてくれたということですよ」

「まあねぇ」

「海勇くんの姿が見えないのは残念だけど、今日冬真くんが来てくれたのは本当にうれしいし」

「あぁ。それはわたしもうれしい」

「海勇くんだって、今日はたまたま来られなかっただけかもしれない。そう思ってがんばりますよ」

「確かに海勇くんも来てほしいなぁ」

「来てくれたら、その時点でありがとうを言っちゃいますね。ここを始めてから、わたし、前より自然とありがとうを言えるようになりました。ありがたいと思ってないのに言ったりはしませんけど、ちょっとでも思ったらすぐ言います。人に言うのも気分いいですよね。大して悪くないのにすみませんを多用するのはよくないですけど、ちょっとでもたすかったと感じたときにありがとうを多用するのはいいですよ」

「でもわたしは」ややや間を置いて、言う。「やっぱりダンナにありがとうって言われたいかな。言わせたいし。考えてみたら、ほぼ一度も言われたことないのよね。何をしてもらうのも当たり前、みたいになっちゃってるから。その代わり、自分が何か一つでも家事をしたときは、こっちがありがとうを言わないと機嫌が悪くなるし。ほんと、小学生かと思っちゃう。そりゃ離婚もチラつきますよ」

「まだ考えてるんですか？　それ」

「考えてるというか、その言葉が頭のなかに居ついちゃったというか」

「じゃあ、ちょっと攻めて、こんなふうに考えてみたらどうでしょう。今この瞬間にダンナさんが亡くなったら少しも後悔しないだろうかって。少しもしないとはっきり言えるなら、そのときは胸を張ってすればいいですよ」

離婚を。その言葉を波子さんは口に出さない。

が、聞こえる。響く。誰あろう波子さんの言葉だから。子ども食堂の主宰者の波子さんではなく、一瞬で夫を亡くした波子さんの言葉だから。

「ありがとうを言えば、ダンナさんの機嫌は悪くならないんですよね？　で、一応は、家事をしてくれてるんですよね？　少～しぐらいは、たすかってますよね？　だったらありがとうを言ってあげればいいんですよ。ありがとうはね、言ったほうの負けじゃないですよ。言ったもん勝ちですよ」

ありがとうは言ったもん勝ち。波子さん、すごい。

そして五分後。意外なことが起きた。

意外も意外。清敏が来たのだ、クロード子ども食堂に。

「いらっしゃいませ。こんばんは」という凪穂ちゃんの声が聞こえてきた。

「あ、いや、お客ではないんだよ」

聞き慣れたその声。見るまでもないが、見た。清敏がそこにいた。

きちんとズボンを穿《は》き、セーターを着ていることにまず安心した。近所のこの辺りなら、部屋着のスウェット上下で来ることもありそうだから。

と、そんなことを思ったのはまさに一瞬。すぐにカウンターのなかから声をかけた。

「何、どうしたの？」

ん？　という感じにわたしを見て、清敏はカウンターに近づいてきた。

「松井さんに言われたから」

「え？」

「一度見に来てくださいよって」

そこへその波子さんもやってきて、わたしに言う。

「前に道でたまたま石上さんと会ったんですよ」そしてこれは清敏に。「ね？」

「うん」と清敏がうなずく。

「そのとき、奥さんにはお世話になってます、と言って。ついでに、子ども食堂を一度見に来てくださいよ、と」

「言ってよ」と清敏に言う。

「忘れてたんだよ」

「何それ」と言いはしたが。

そうなのだと思う。清敏は本当に忘れていたのだ。近所の人とただあいさつをしただけだから。自分が子ども食堂になんて行くわけないと思ってもいたから。

「何で来たの？」と尋ねる。

「ふと思いだしてさ。近いんだし、ちょっと行ってみようかと」

週休四日。要するに、暇なのだ。

「石上さん、ごはん食べます？」と波子さん。

「いや、いいよ」

「遠慮なさらず、どうぞ」

「遠慮じゃなくて。ごはんはもう食べてきたから」

「そうですか。じゃあ、お茶ぐらいお出ししますから、飲んでいってください。空いてるお席に座って」

「それも変でしょ」とわたしが言う。「子ども食堂でおじさんがお茶だけ飲んでるって」

「まあ、そうだな」と清敏も同意する。

「いいこと思いついた」とこれも波子さん。「だったらこうしましょう。せっかくだから手伝ってくださいよ、石上さん」

「え？」

「カウンターに入ってもらうわけにはいきませんけど。空いたお皿をこっちに運ぶぐらいなら、できますよね？」

「いや、無理無理」とわたし。「そんなの、したことないんだから」

「お皿を運べない人なんていませんよ。お盆に載ってるからだいじょうぶ」

「でも。お酒飲んじゃったでしょ？」と清敏に尋ねる。

「飲んでないよ。晩ごはんの前に、食べたら行こうと思ってたから。今日は飲んでない」

飲んだって言えばいいのに。うそをついちゃえばいいのに。そう思った。そのあたりも、清敏は融通が利かない。変に正直なのだ。だからわたしも単身赴任中の浮気を疑わなかったわけだが。清敏はそういうことをする人ではないし、うそをつける人でもないから。

「よし。それでいきましょう。はい。石上さんはカウンター前で待機」

波子さんは清敏をカウンター席のイスに座らせた。言われるままにちょこんと座る清敏が何だか可笑《おか》しかった。

ちょうど一組の母子が帰ったので、波子さんはさっそく清敏にお盆運びを指示した。あとから出したデザートのお皿とお茶のカップも一緒にお盆に載せて、こちらへ運ぶだけ。清敏は、何と、それすらできなかった。

豆腐ハンバーグのお皿の端に置かれていたお箸が途中で転がり落ちそうになった。落ちるのを避けるべく、清敏はお盆を逆方向へ少し傾けた。そちらの隅にあったカップがお盆から落ちた。

カラカラン！　と大きな音が鳴った。前回、海勇くんと冬真くんがケンカをしかけたときのように。

「うわわわ」

清敏はひどくあわて、屈んでカップを拾おうとした。

すぐに波子さんがストップをかけた。

「ダメダメ。お盆は置いてから」

清敏が従ったため、お皿まで落下、という最悪の事態にはならなくてすんだ。

「おぉ。あぶない」と清敏。

「おぉ。あぶない。じゃないわよ」とわたし。「もうアウトでしょ。お箸が落ちるぐらいはいい。お盆は絶対に傾けたらダメなの」

「そうなの？」

「そうなの？　って。何年生きてるのよ」

カップはそばにいた鈴彦くんが拾ってくれた。もう一つのお盆に載せ、自ら運んでもくれた。

清敏はお盆をカウンター越しにわたしに預け、ほっと息をついた。

「今のでわかっちゃいました」と波子さんが笑う。「石上さん。本当に家でも自分が食べたあとの食器を運んでませんね？」

「いや、それは」

「運んでます？」

「運んでま、せん」

「はい。じゃ、今度はテーブルを拭きましょう」と言って、スパルタ波子さんは清敏に布巾を渡す。「もう何かを落とす危険はないから、これは安心」

わたしはカウンターの外側に出て、清敏の仕事ぶりを見守る。監督する。予想どおり、清敏はテーブルの真ん中に何度も円を描くだけ。ちっとも汚れていない部分を撫でるだけ。

「ちょっと、やめてよ。恥ずかしいじゃない」とわたし。

「ん?」と清敏。

わたしは清敏から布巾を奪いとり、自分でテーブルを拭く。拭いてみせる。

「それじゃダメ。テーブルは上だけじゃなく、縁も拭くの。こぼれたお汁とかがそこに残ってたりするから。混んでる中華屋さんとかで、たまにそういうお店、あるでしょ? テーブルの縁がちょっとベトついてる、みたいなとこ。子どもだけじゃない。大人だってこぼすんだから。子どもはまだ気をつけようとするけどね、大人は気をつけようとしないのよ。その大人って、誰だかわかる?」

「えーと。おれ?」

「正解」

その言葉に皆が笑う。波子さんに多衣さんに凪穂ちゃんに鈴彦くん。スタッフたちだけでなく、周りにいたお客さんまで笑う。子どもも。母親も。一人で来ていたわたしよりずっと歳上の男性も。二回めからはずっと来てくれている人。名前は、確か宮本《みやもと》さん。

笑わせるつもりはなかったので、それはそれで恥ずかしい。照れ隠しも兼ねて、わたしは言う。

「汚いとこをきれいにするのが掃除。きれいなとこをまたきれいにする掃除じゃ意味がないの。それはただの自己満足」

「おぉ」と鈴彦くんが言い、

「久恵さん、男前」と凪穂ちゃんが言う。

「何だよ。すごいな、お前」と清敏。

「何がすごいのよ。そんなの当たり前のこと」

波子さんが言う。

「石上さん。お前、はダメですよ。奥さんにも久恵さんていう名前がちゃんとあるんだから、それで呼ばなきゃ。友だちも会社の人も見知らぬ人もお前で、奥さんもお前。同じでいいはずない」そしてニコッと笑い、こう続ける。「でしょ？」

「まあ、そう、だね」

波子さんはこういうところがうまい。人の懐《ふところ》にスルッと入りこめるのだ。本人がその気なら、いいホステスさんになっていたかもしれない。

石上清敏初めてのお手伝い、はもう一席のお盆運びとテーブル拭きをすませたところで終了した。二度めは清敏も異常なほど慎重に臨んだので、粗相はなかった。まあ、それはそうだ。その二つの作業に五分をかけていいなら誰にでもできる。

「いやぁ。参った。勉強になりました。今後もウチのを、じゃなくて久恵を、よろしくお願いします」

波子さんに頭を下げ、清敏は自宅に帰っていった。足どりがやけに軽い敗残兵、みたいで、それもまた可笑しかった。

しばらくして、波子さんが言った。

「ねぇ、久恵さん」

「はい？」

「わたしね、前から考えてたことがあるんですよ。今度、駅前のスーパーにお願いに行ってみませんか？」

「お願い？」

「ええ。形が悪くて店頭に出せないお野菜なんかを頂けませんか？　っていうお願い」

「あぁ」

「こちらの事情を説明すれば、理解してもらえるんじゃないかな。もちろん、あっさり断られる可能性もありますけど。そろそろそんなふうに動いてもいいかと思うようになりました。久恵さんに一緒に行ってもらえるとたすかります」

「わたしなんかじゃとても力には」

「いえいえ。歳上のかたと一緒だと、やっぱり心強いんですよ。どうですか？」

「まあ、いいけど」

「よかった。さっそく来週にでも行きましょう。土日はあちらも迷惑でしょうから、月曜にでも」

だったら清敏が家にいる火曜のほうが、と言いかけて、わたしはその言葉を飲みこむ。代わりに言う。

「はい」

「そうやって一歩一歩進んでいきましょうよ。いいと思うこと、できそうだと思うことを、一つずつやっていきましょう」

「そう、ね」

子ども食堂にゴールなんてない。強いて言えば、ゴールを先へ先へと遠ざけていくことがゴール。すなわち、続けることそのものがゴール。

今もそこで航大くんと話している黒沼さんには申し訳ないが、カフェ『クロード』にはその気持ちがなかったのだと思う。店をやること、がゴールになってしまっていたのだ。

ちょっと光が見えたような気がしてたんですけどね。

隆大さんのことを話してくれたとき、波子さんはわたしにそう言った。夜の児童公園で隆大さんと向き合えたことで光が見えたような気がしたのだと。

その光がわたしにとっては今のこれ、なのかもしれない。実際にそうなのかはわからない。わたし自身がどう見るかだ。

五十九歳のわたしにもある問題。その解決の糸口を、うっすらとではあるが、波子さんが示してくれたような気がする。

専門家ではないから、貧困の問題やよその家庭の問題を解決しようとはしない。だがそこから目を背《そむ》けることもしない。強い人だと思う。もとから強い人だったのか。それとも、ダンナさんを亡くしたことで強くなったのか。

「久恵さん、ごめんなさいね。何か余計なことしちゃって」と波子さんは言う。「道でバッタリ会ったから、つい言っちゃったんですよ。石上さんに。一度見に来てくださいよって。別に久恵さんがどうこうじゃなく、単に子ども食堂を見てほしかったから」

「波子さん」とわたしは言い、ためにためて、こう続ける。「ありがとう」

午後七時半

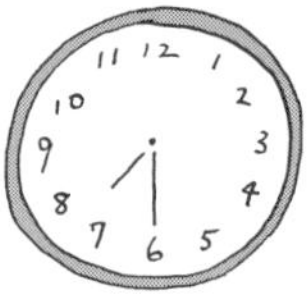

また明日

宮《みや》本《もと》良《りょう》作《さく》

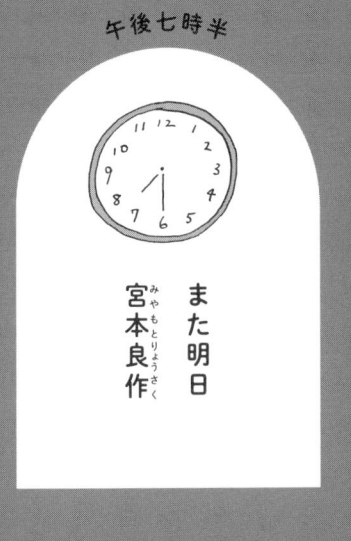

「いや、どうしちゃったんですか」という波子さんの声が聞こえてくる。

一瞬、僕に言ったのかと思う。

そちらに目を向けると、エプロンをした波子さんの背中が見える。カウンターの内側で調理をしていた久恵さんと話していたらしい。

ちょっとぼんやりしていた。ここに来ると、そうなることが多い。

ずっと孫娘のことを考えている。孫娘のことを考えることが、娘のことを考えることにもなる。ここ何年かはそんなことばかりしている。しようとしなくても、自動的にそうなる。

さっき、ごはんを食べ終えると、孫は自分でお盆をカウンターに運んだ。同じテーブル席にいた男の子とその母親は運ばなかった。だがそれが普通。食堂の人たちも、お客さんにお盆を運ばせたりはしない。

クロード子ども食堂。やっているのは、僕のアパートの裏に住む人だ。松井波子さん。初めて来たときにそうだと知って驚いた。

すみませんが連絡先のご記入をお願いします。そう言われ、名前と住所と電話番号を書いた。あら、とも言われた。ハイツ福住にお住まいなんですね。わたし、その裏。同じブロックですよ。松井と言います。

ハイツ福住と松井家があるブロック。そのななめ向かいのブロックにこの食堂はある。前はカフェだった店を借りて、波子さんがやっているのだ。

まさか六十八歳の自分が子ども食堂を利用することになるとは思わなかった。子ども食堂は名前を聞いたことがあっただけ。どんなものかはよく知らなかった。

来て、わかった。まさに子どものための食堂だ。家庭の事情などで満足にごはんを食べられない子に無料でごはんを出す食堂。大人は三百円とられるが、利用はできる。

先々月、アパートの部屋のドアポストにチラシが入っていた。クロード子ども食堂がオープンします！　大人も大歓迎。楽しくごはんを食べましょう！　そう書かれていた。すぐ近くだから行ってみようか。そんな気になった。

前のカフェの名前がクロードだったから、クロード子ども食堂。あとで知ったことだが、カフェのオーナーは、同じ敷地に住む黒沼さん。子ども食堂に関わってはいない。ただ店を貸しているだけらしい。

その黒沼さんは今、近くのテーブル席にいる。波子さんの息子航大くんと相席し、あれこれ話をしている。黒沼さんと航大くん。ここに入ってきたときの食堂の人たちとのやりとりで、その二人なのだとわかった。

時には僕自身が子どもと相席になることもある。皆、知らない子だ。あやしまれてはいけないので、自分から名前を訊いたりはしない。が、少しぐらいは話す。今、何年生？　だの、学校は楽しい？　だのと訊いたりはする。四年生、という答はともかく。楽しくない、という答が返ってきたときはあせった。

さして意味のない質問のつもりだったが、子どもにしてみれば質問は質問。本心を答えてくれたのだろう。よくないことを言わせてしまった。それ以後は、担任の先生は男？　だの、今、体育の授業ではどんなことをするの？　だのと、当たり障りのない質問をするよう心がけた。

本当は、自分からは話しかけないほうがいいのだろう。子どもが話しかけてきたら応える。それでいいのだ。だがやはり、同じテーブル席にいるなら声をかけたくなる。同じ席にいるのに黙っているほうが変だと思ってしまうから。

ここに来たら、僕は結構長くいる。まずゆっくりとお茶を頂き、それからごはんを食べたりもする。満席にはならないので、出ていってくれと言われることもないのだ。

波子さんが僕のところへやってきて、言う。

「宮本さん。そろそろデザートをお持ちしますか？」

「うん。お願いします」

豆腐ハンバーグを食べてから、待ってもらっていたのだ。歳のせいか、ごはんと立てつづけに甘いものを食べるのはちょっとキツいので。

「今日はバナナのケーキですよ」

「あぁ。外の看板にそう書いてあったね」

「でもそんなには甘くないからご心配なく」

「そうなの？」

「はい。バナナそのものの甘みを活かした感じです。ウチの辻口シェフの自信作。といっても、つくり方は簡単ですけど。最後はフライパンで焼くだけだし」

こんなふうに、波子さんは何かと声をかけてくれる。居心地がいいから、ついつい長居をしてしまう。三百円でこれは申し訳ないな、といつも思う。

せっかくなので、訊いてみる。

「さっきそこのテーブルで、三人で食べてた子がいたでしょ？　男の子とお母さんと、女の子」

「あぁ。はい。マキトくんかな」

「うん。そう言ってたような気がする。それで、女の子が最後にお盆を返してたけど。そんな子も、いるの？」

「いますね。運ぶ子は、あんなふうに自分で運んでくれます。お願いしてるわけじゃないんですけど」

「お願いしてるわけじゃ、ないんだ？」

「ないです。食器は自分で運びましょうとか、運べる子は自分で運んでねとか、そういうことはホームページにもチラシにも書いてないです。教育的な面からありだとは思いますけどね、わたしはちょっといやかな。タダで食べさせてあげるからその代わり自分で運んでねって言ってるみたいで」

「あぁ。でもそのぐらいはいいような気もするけど」

「そうも思います。家でも、そこの航大には、あんた自分で運んでねって言いますし。だから自分からやってくれた子に、運ばなくていいよ、とは言いません。そこは乗っかります。喜んで、運んでもらいます」

「じゃあ、あの女の子も自分からだ」

「はい。初めて一人で来たときからそうしてくれました。お父さんに言われてるみたいですね、自分で運びなさいって」

そうなのか。

それを聞いただけで、泣きそうになる。

四十代のころから、涙もろくなった。六十代にもなれば涙は涸《か》れるのかと思っていた。そうでもない。涸れない。この手のことに関しては。

いい子だ。そして、いいお父さんだ。

よかった。いいお父さんで。

お盆を自分で運び、孫は帰っていった。相席した母子と一緒に出たが、一人で帰るはずだ。それでも安全なぐらい近くに住んでいるから。

そう。孫は近くに住んでいる。それだけでもう、胸は弾む。

だが弾むだけ。声はかけない。かけないと決めている。今日はたまたま目が合ったので、つい笑いかけた。気味悪がられるかと思ったが、孫は笑い返してくれた。いい子に育っていると言わざるを得ない。

帰っていくときにまた目を合わせたりはしなかった。二度めはマズいと思い、初めからそちらを見ないようにした。が、後ろ姿はしっかり見た。涙は出さないよう気をつけて。

その後ろ姿を思いだしながら、お茶を一口飲む。冷たいお茶だが、冷やされてはいない。常温。

僕は建設会社に勤めていた。いわゆる大手ゼネコンだ。

仕事はずっと営業一本。東北支店と横浜《よこはま》支店にいたこともあるが、その数年以外は東京本社にいた。本社といっても、肩書は東京支店。それでも社屋は本社ビルだった。

その本社からなるべく離れないよう必死に働いた。つもりでいた。

それはもう、まさにつもりだった。家族のためにがんばっていると自分では思っていた。伝わっていなかった。

今とは時代がちがっていた。そう言っていいと思う。そう言うことぐらいは許してほしい。

プライベート、という言葉もまだそんなにはつかわれなかった。少なくとも、プライベート、は仕事と並び立つ存在ではなかった。そんなことは言う必要すらなかった。

妻の理津《りつ》とは、二十七歳のときに結婚した。仕事優先。これも今はあまりないことだろうが、上司に紹介されたのだ。理津は同じ会社の社員ではない。上司の知り合いの知り合い。だから半分見合いのようなもの。気が合ったので、結婚した。

理津はもともと体が丈夫ではなかった。十代のころに心臓の手術をしたこともあった。それでもがんばって紀緒《きお》を産んでくれた。娘だ。今、四十歳。

僕は三十代の紀緒の顔を知らない。二十代後半の顔も知らない。もう十五年、会っていないのだ。たぶん、これからも会えない。

僕は本当に仕事だけをした。家事などしたことがなかった。亭主関白のつもりでいたわけではない。仕事をすることが家族のため。仕事こそが、父親である自分の仕事。本気でそう思っていた。

接待ゴルフもあった。接待マージャンもあった。社会人ならゴルフとマージャンはできて当然。そんな認識もあった。休みはあまりとらなかった。二週に一度は、日曜日に接待ゴルフがあった。いつもぎりぎりのところで負けた。そうするよう上司に指導された。一打差などでうまく負けられると、僕自身、気分がよかった。

理津は四十代から頻繁に体調を崩すようになった。心配はしたが、してやれることはなかった。僕がそばにいてどうなるわけでもない。具合が悪かったらすぐ病院に行けよ、とは言った。それで満足した。

体調は、戻ったり戻らなかったり、だった。そして戻らないことが続き、戻らない戻らないと思っているうちに、理津は五十四歳で亡くなった。

最後の入院中は、見舞にもいけなかった。そんなときに限って、出張を伴う大きな仕事が続いたのだ。それが最後の入院になると思ってもいなかった。医者もそうだったらしい。

結果、僕は理津を看《み》とれなかった。すでに働くようになっていた紀緒が、会社を休み、一人で理津を看とった。

生前、理津自身は僕に不満を言わなかった。感じていなかったのか、我慢していたのか。

一方、紀緒は怒った。理津が亡くなったその日に爆発した。看とれなかった僕と顔を合わせたまさにその瞬間にだ。

「何なのよ！」といきなり言った。「何でいないのよ！　何で来ないのよ！」

「いや、だから、来たろ」

僕はそんな間の抜けた受け答えをした。

「バカ！」と言われた。「ふざけんな！」

紀緒は激しく泣いた。激しく泣くのと激しく怒るのをくり返した。バカ！　と、ふざけんな！　もくり返した。あんたに言う言葉はそれ以外にない。そんな感じだった。

そして泣き腫《は》らした目で僕をじっと見つめ、強い口調で言った。

「わたしは品川《しながわ》紀緒のつもりだから」

品川。理津の旧姓だ。

そんな紀緒も、葬儀のときは一転、まったく泣かなかった。唇を固く結び、弔問客にただただ頭を下げつづけた。

すべてが終わると、僕に言った。

「もう会わないから」

そのときすでに紀緒は家を出て一人暮らしをしていた。

怒りがあまりにも強かったため、冷却期間を置こうと思い、一周忌までは連絡しなかった。だから僕は紀緒が葬儀のあとに引っ越したことを知らなかった。

一周忌のときにそのことを知らされ、最後にこう言われた。

「これでもう本当に二度と会わない。電話もかけてこないで。かけてきても出ない。着信拒否にする」

それでもまだ僕は本気にしていなかった。実際に着信拒否をされて初めて、紀緒の本気を悟った。

一周忌で会った際も住所を教えてくれなかったから、連絡する術《すべ》はなくなった。失踪《しっそう》などではないところがむしろ痛かった。そこには明確な本人の意思があった。自分が拒絶されていることがはっきりとわかっていた。

そこまで嫌われているとは思わなかった。それまでの五十数年でそんなにも嫌われたことはなかっただろう。自分を最も嫌うのが、まさか自分の娘になるとは。

僕は理律を看とれなかった。それは変えようのない事実。

今考えると、本当に不思議だ。

カゼをひいても会社を休まなかった。熱が三十九度あっても出社した。深夜四時に家に帰り、早朝六時に家を出たこともあった。有休はとらなかった。あると思ってもいなかった。そして妻は死んだ。看とれなかった。

仕事とは何なのだろう。そのときにやっとそう思った。やっと客観視できた。

遅かった。妻ばかりか、娘にも去られた。

紀緒の行方は知れなかった。試しに戸籍謄本をとってみた。紀緒は岡田駿造《しゅんぞう》なる人物と結婚し、除籍されていることがわかった。現本籍地は山口県。だが本籍地はあくまでも本籍地。夫の実家がある地をそれにしていることも多い。実家に住んでいるかはわからない。

紀緒を捜し出して、会う。やってできないことはない。探偵社に頼めば簡単だろう。紀緒は逃亡しているわけではないから、すんなり見つかるはずだ。

が、捜し出せたところで、会うことはできない。僕が一方的にそれをやったら完全に終わるような気がする。だから、時間にまかせるしかない。時間が経つことで紀緒の気持ちが変化するのを待つしかない。

そう思い、待った。仕事をして気を紛らしながら待ち、定年の日を迎えた。

そこでもう、待てなくなった。

娘の調査を探偵社に依頼する。抵抗はあったが、してしまった。

ただ知るだけ。絶対に姿は現さない。会わない。そこだけは決めた。

探偵社は慎重に選んだ。実父とはいえ、依頼の内容が内容。第三者が聞けば、ちょっとあやうい話、とは思うかもしれない。愛憎に狂った父親が暴走するのでは、と危惧するかもしれない。

大手だと受けてもらえないかと思い、小さなところを狙った。ふっかけられるかもしれないが、お金はいくらでも出すつもりでいた。案外簡単に受けてもらえた。調査料を聞いて、高いとは思ったが、常識外だとは思わなかった。

探偵社にしてみれば楽な仕事だったのだろう。結果は数日で出た。報告書は一枚。三人の名前と住所が書かれていた。夫婦と娘だ。

夫の岡田駿造は公務員。区役所の職員だった。だから岡田家は今のこの区に住んだのだろう。世帯主に転勤の心配がないから。

紀緒自身の勤め先は変わっていなかった。大学を出て就職した会社。主にソースをつくる食品会社だ。理津が亡くなる前に就職していたから、それは知っていた。

僕は今も紀緒の会社のソースをつかっている。六十八歳だからもうすべてしょうゆでもいいのだが、いまだにソースをつかう。さすがに中濃は重いので、ウスターを。

夫が公務員。たまたまかもしれないが、紀緒らしい選択だとも言えた。反面教師の父親から、紀緒は学んだのだ。本社から離れなくてすむよう仕事をがんばる、というようなことを僕が何度か口にしていたから。それでも東北支社に行かされるようなことは、単身赴任することもあると知っていたから。

その東北支社への異動が決まった際は、結局は理津と紀緒を連れていった。紀緒は小六と中三で転校する羽目になった。

そのことでも僕の印象は悪くなったはずだ。東京にいられるよう仕事をがんばると言っていた父親。だが異動になると家族をあっさり転居させてしまった父親。その転居先も、寒い地域。理津の体にもよくはなかっただろう。事実、理津はその時期に何度も体調を崩した。三年で二度の引っ越し。それでバタバタしたのもよくなかったと思う。

定年後、再雇用に切り換わってからは、もう大した仕事はさせてもらえなかった。毎日定時出社に定時退社。会社からそう遠くもないので、六十一歳のときに紀緒が住む区に引っ越した。そのぐらいはいいだろうと思った。

大手ゼネコンの元社員。お金がないことはない。いやらしい言い方になるが、むしろあるほうかもしれない。だが一人なので、一戸建ての広い家はいらない。賃貸のアパートでいい。

ということで、今のハイツ福住を選んだ。福住、というその名前がよかった。福が住むのだ。

ならば自分も住みたい。

契約の際、大家さんが福住昌秋《まさあき》さんだからそのアパート名なのだとわかった。保証会社とも契約して、無事入居した。六十代の単身者なのに入居させてもらえるのだからありがたかった。

六十五歳で仕事をやめると、人との付き合いはなくなった。年に一度は会って酒を飲んでいた友人影浦哲士《かげうらてつし》が亡くなってからは完全にそうなった。

影浦はそれまでどこも悪くなかったが、一昨年、くも膜下出血であっさり逝《い》ってしまった。あとで奥さんから電話が来て、そのことを知った。いわゆる家族葬にしたので、人はほとんど呼ばなかったという。確かに、影浦自身がよくそんなことを言っていた。死んだら葬式はいいや、と。

その影浦もいなくなって、まさに一人。さびしいことはさびしい。だがもうそのさびしさに脅威を覚えることはない。

その意味で、歳をとるのはこわい。例えば、長く付き合っていなかった人には親しみを感じなくなる。情がというよりは、その人に対する興味が薄れるのだ。若いころはそんなことはなかった。しばらく会っていなくても、会えば親しみの感覚は戻った。今はもう戻らない。

ただし。娘は別だ。どんなに長く会わなくても、親しみを感じなくなることはない。何も薄れない。逆だ。思いは募る一方。歳をとるとできることは少なくなるが、それだけはできる。娘のことは、思える。

娘が産んだ孫も同じだ。見たい。会いたい。だができない。僕が勝手にそれをやったら、娘との関係は本当に終わる。それをしないことが、僕にできる唯一のことだ。

と、ずっとそう思っていたのだが。天の配剤なのか何なのか。思いもよらぬことが起きた。孫娘が自ら僕の前に現れたのだ。いや、自らと言うのはちがう。僕がわざわざこの区へ移ってきたわけだから、出くわす可能性はあった。ただ、そうとわかる可能性は低かった。何せ、顔を知らないから。そこは、探偵に調査を依頼するときに迷った部分だ。紀緒の写真を撮ってきてもらうか否か。散々悩んだ末、否、にした。その時点ではまだ孫がいることを知らなかったからでもある。何にせよ、その写真は、盗撮されたものになる。それはいやだった。どんな類であれ、盗撮写真を見て喜ぶ男にはなりたくなかった。

と、そうも思っていたのだが。

たまたま訪ねたこのクロード子ども食堂に孫も来たのだ。もちろん、顔を見ただけではわからない。子どもを見るたびに、あの子は自分の孫かも、と思っていたわけでもない。オカダチヤちゃんね、と受付の子が言っていたのだ。ボランティアであろう女子大生のような子が。

驚いた。

千弥《ちや》は小学五年生。女の子もそのぐらい。岡田という名字は多いだろうが、千弥はそんなに多くないだろう。いくら人が多い東京とはいえ、同じ区の狭い地域に同姓同名が何人もいるはずはない。

顔は紀緒に似ていない。が、そう思って見れば、口もとは少し紀緒に似ているような気がしないでもない。

岡田千弥。震えた。周りに気づかれないよう、密かに。六十八歳の男が食堂で震えていたら救急車を呼ばれてしまうかもしれない。だからこらえた。

驚きのあとにはあせりも来た。紀緒がここへ千弥を迎えに来る可能性もある、と気づいたのだ。だがそうはならなかった。千弥は一人で帰っていった。

千弥と会えた偶然。それはすんなり受け入れられた。会ってはいけないから子ども食堂に行くのはよそう、とは思わなかった。僕自身が寄っていったわけではない。ただ眺めているだけならいい。そう思えた。

子ども食堂が開催されるのは月二回。僕が来るのは四回め。千弥は毎回必ず来た。時間も、初めて見たときとほぼ同じだった。

相席したことはない。それは避けようと思っている。例えば波子さんに案内されたら拒否はできないが。案内してくれないかな、と少しは期待してもいるが。

その波子さんがデザートを運んできてくれた。バナナのケーキだ。

「お待たせしました。焼き立てで熱いので、お気をつけて」

「どうも」

添えられていたフォークでケーキを切り、食べてみる。小さくしたので、そんなには熱くない。

「おいしいよ」と波子さんに言う。「確かに、そんなに甘くないね。僕みたいなじいさんにも重くない」

「よかった」

「でも子どもは、もっと甘いほうがいいのかな」

「こういう甘さもあることを知ってもらいたいですよ」

「なるほど。食育というやつだ」

「そんな大げさなものじゃないですけど」

波子さんはテーブルを離れ、すぐに戻ってくる。手にした銀のポットから僕のカップにお茶を注いでくれる。

「ありがとうね」

「いえ、このぐらい」

「あ、いや、お茶のことじゃなく。店のこと」

「店のこと？」

「この子ども食堂のこと。オープンしてくれてありがとう」

「あぁ」

「毎日一人でごはんを食べるのは味気ないからね。たまにはこういうのもいい。安いし」

「そう言っていただけるなら、わたしも始めた甲斐がありますよ」

「この店をつかうなんて、うまいことを考えたね」

「そこは黒沼さんのおかげですけどね。そちらにいる」

それを聞きつけた黒沼さんが、こちらを見て、会釈をしてくれる。

僕も返す。

「宮本さん、ハイツ福住はいつからですか？」と波子さんに訊かれる。

「えーと、七年ぐらい前からか」と答える。「一人だから、ああいうアパートでいいと思ってね」

何故一人なのか。そのあたりを波子さんは訊いてこない。

自分から言う。

「妻とは死に別れちゃってね」

「あぁ。そうでしたか」

それだけではごまかしになるような気がする。

さらに言う。

「娘とも絶縁状態でね」

「あらまあ」

「一人も案外気楽だよ」

「宮本さんは、確か一〇三号室ですよね？　ハイツ福住の」

「そう」

「じゃあ、あの子のあとに入られたのかな」

「あの子？」

「ええ。前はお母さんとお子さんが住まれてたんですよ、二人で。お母さんのことはまったく知らないんですけど。お子さんは、ここを始めるきっかけにもなってて」

「きっかけ？」

「はい」

波子さんはそのきっかけについて話してくれた。

部屋の電気を止められたその子が、夜に近くの児童公園で一人で菓子パンを食べていたという。その菓子パンが晩ごはん。波子さんの亡くなったダンナさんがたまたまその子と話し、そう聞いたらしい。

「エイシンくん。下の名前しかわからないんですけどね。何か忘れられないんですよ。わたし自身は直接話してないから、顔もおぼろげにしか覚えてないのに。今どうしてるのかなぁ、あの子。ごはんをきちんと食べられてたらいいんだけど」

「食べられてるよ」と僕は言う。

「え？」

「ウチの大家さん。福住さん。たまに顔を合わせることがあるんだけどね。前にぽろっと言ってた。その子は、お父さんのほうのおじいちゃんとおばあちゃんに引きとられてるよ」

「そうなんですか？」

「うん。福住さんがそう言ってた。引っ越しのときにそのおじいちゃんとおばあちゃんが来たらしいから、まちがいないよ。その子のお母さんはちょっと問題を抱えてたみたいでね。おじいちゃんとおばあちゃんも前から心配してたみたい。アパートに何か迷惑をかけてたらマズいっていうんで、大家さんに話したんだね」

「じゃあ、今はちゃんとごはんを食べられてるんですね。エイシンくん」

「だと思うよ」

「よかった。安心しました」

「僕も話してよかったよ。結構な個人情報だけど、福住さんも、こういう事情なら許してくれると思う」

「奇跡ですよ、わたしがそのことを知れたなんて」

「それは大げさでしょ」

「だって、普通、そこまで知れないですもん。自分が住むアパートでもないのに」

「波子さんがこの食堂を始めたから知れたんだよ。そうでなきゃ、僕も来てないわけだし」

「ほんとによかった、始めて」

「知れたからもう充分てことで、やめたりはしないでね」

「やめませんよ」と波子さんは笑う。

その笑顔を見て、僕も安心する。顔はまったく似ていないこの波子さんに、無理やり紀緒を重ねる。

そして僕自身、唐突に、踏みこんだことを言ってしまう。

「千弥ちゃんて、珍しい名前だよね」

「はい？」

「いや、さっきの子。お盆を自分で運んだ子」

「あぁ。はいはい」

「珍しいけどいい名前だよね。千弥ちゃん」

「チヤちゃんじゃなくて、チアちゃんですよ」

「え？」

「ヤじゃなくて、ア。チアちゃん」

「そうなの？」

「はい。漢数字の千に亜細亜の亜で、千亜ちゃん」

「千亜ちゃん」

「そうです」

「名字は岡田だよね？」

「そうですね。まだ四年生ですけど、しっかりした子ですよ」

「四年生なの」

「はい」

千弥は五年生だ。

探偵に調査を依頼したのは、千弥がまだ幼児のころ。就学前だから、通う学校は確定していなかった。住所の学区からすればこの近くの小学校のはずだが。絶対にそうとは言えない。私立校に通っている可能性もあるから。

何だ。

そうなのか。

ちがった。

岡田千弥ではなかった。

残念な気持ちと安堵の気持ち。どちらもがある。安堵のほうが、少し強い。

まず、いやな祖父にならなくてすんだ。

そして。これはちょっといやらしいが。千弥が子ども食堂を利用せざるを得ない子ではないことがわかった。あくまでも、このクロード子ども食堂を利用してはいない、というだけだが。そこは気になっていたのだ。岡田駿造家に何かよくないことが起きているのではないかと。

安堵が勝る理由はもう一つ。これで岡田千亜ちゃんと普通に話せる。不思議だが、それが意外とうれしい。

お茶を一口、ゆっくりと飲む。

もういい、と少し晴れやかな気分で思う。紀緒も千弥もこの近くにはいる。いずれ、僕が紀緒と道でバッタリ出くわし、激怒される。そんなこともあるかもしれない。そのときは、これまでのことをすべて説明する。理津のことから何からすべて謝る。それでいい。

「ねぇ、宮本さん」と波子さんが言う。「お手伝いをしていただけませんか?」

「何?」

「子ども食堂のお手伝い」

「僕が?」

「はい。宮本さんが」

「もう六十八だけど」

「歳は関係ありませんよ」

「料理なんてできないよ。自炊すらしてないし」

「それも関係ないです。できるに越したことはないけど、できなくてもだいじょうぶ。ほかにもやれることはありますから」

「あるの?」

「あります。お盆を運んでいただいたり、掃除をしていただいたり。子どもたちの相手をしていただいたり、家に送っていただいたり」

「子どもの相手なんて、できるかな」

「できますよ。そこの航大だってできるぐらいですから。思ったことをただ話してくれるだけでいいです。あとは子どもたちが勝手に吸収しますから。いてくださるだけで充分たすかります。あ、念のために言っておきますと、ボランティアです。お給料はお出しできません」

「それはいいけど」

「どうですか? 一緒に」

「うーん。何か、足手まといになってしまうような」

「そんなことありませんよ」

「僕は、家事なんて一切やってこなかった人間だからね」

「でも今は一人暮らしをなさってるじゃないですか。できてるということですよ」

「できてる、かなぁ」

「お部屋がごみ屋敷みたいになってるわけじゃないですよね？」

「さすがにそれはないよ。一応、掃除も洗濯もしてる。ごみも出してるし、ちゃんと分別もしてる」

「だったらだいじょうぶですよ」

「でもそれは必要に迫られてのことだから」

「人が何かをするのは、すべて必要に迫られるからですよ。掃除をするのも洗濯をするのもごはんをつくるのも子ども食堂を始めるのも、全部必要に迫られるから」

「そう、なの？」

「そうだとわたしは思ってます。ここでも必要に迫られましょうよ。やりましょうよ。宮本さん」

と、そこで、途中から話を聞いていたらしい黒沼さんが言う。

「いや、松井さんはやっぱりうまいねぇ」

「え？」と波子さん。

「盗み聞きをしたおれまでもが必要に迫られちゃうよ」

「何ですか、それ」

黒沼さんが僕に言う。

「ミヤモトさんとおっしゃるんですね」

「はい」

「一緒にどうですか？」

「え？」

「ボランティア。おれもやりますよ。オーナーがやらないのはどうなんだって話だし。店を貸すだけで手は貸さないっていうのもカッコ悪いから」

「それは別に」と波子さんが言う。

「いや、実は始まる前からちょっと思ってたんだよね。何か偉そうだなって。店は貸すから迷惑はかけないでねって言ってるみたいじゃない」

「言ってませんよ」

「でも感じてはいたでしょ？」

「感じてもいません。お店を貸していただけるだけで本当にありがたいですから」

「だとしてもさ、それ以上のことをやりたくなった。やらしてよ」

「いいんですか？」

「ぜひ。オーナーだからおれのほうが偉いとか、そんなことは思わなくていい。何でも言って。と言われても言いづらいだろうから、そこは航大くんがチェックしてよ」

「え？」とその航大くんが言う。「ぼくですか？」

「うん。おれが偉そうなことを言いださないか、航大くんが監視して」

「監視って」

「そうやって、お母さんを守って」

「守るって」

「高校生の航大くんが見て偉そうだと思うなら、たぶん、おれは偉そうになってるんだと思う。だからチェックしてよ。おれはちゃんと航大くんの言うことを聞くから。要するに、三権分立。互いに抑制し合う、みたいな感じ」

「でもそれだと、ぼくが一番偉そうじゃないですか」

「航大くんの上には母親の松井さんがいるからだいじょうぶ。そうはならないよ」

「うーん。それも微妙」

「何が微妙よ」

波子さんと航大くん。おもしろい親子だ。

僕も紀緒とこんなふうになりたかった。紀緒と千弥は、こうなってくれていたらいい。

「あ、そうだ」と航大くんが波子さんに言う。「ウチにサッカーボールあんじゃん。昔おれがつかってたやつ」

「あぁ。うん」

「あれ、さっきのマキトくんにあげようと思うけど。いいよね？」

「あんたがいいなら。何、マキトくん、サッカーやってるの？」

「今はやってない。でもやりたいみたい。だから」

「そう。それはいいね。じゃあ、次までは一週間あるから、明日にでも持ってってあげて」

「うん」

「せっかくだから、コーチもしてやんなよ」と黒沼さんが言う。

「いやぁ。ぼく自身が下手なんで」

「下手な人のほうが教えるのはうまかったりするもんだよ。うまい人は、ほら、できる前提で話しちゃうから。何でこれができないかなぁ、になっちゃう」

「あっという間に追い抜かれますよ」

「あっという間に追い抜かせなよ。いいコーチって、そういうもんだ。自分が教えられるとこまではすべて教えて、あとはもっといいコーチにまかせる。おれにもいい経営のコーチがいれば、この店も失敗しなかったんだけどなぁ」

「いなかったおかげで、今、子ども食堂をやれます」と波子さん。

「あ、それ言っちゃう？」と黒沼さんは笑い、こう続ける。「子ども食堂ってさ、学習支援とか体験学習とかをやるとこも多いみたいじゃない。そういうのは、しないの？」

「今はごはんだけで精一杯ですよ。とにもかくにもごはん。そこが万全になったら考えます。まずは万全にするのが先。わたしは人に何かを教えられる人でもないですし」

「いや、充分教えられる人だと思うよ。航大くんもこんなに立派になったし」

「これのどこが立派ですか」

「これって言うなよ」と航大くん。

「だって、もう人んちの窓ガラスを割ったりしないでしょ?」と黒沼さん。

「しないですけど。それが立派ですか?」

「立派立派。人に迷惑をかけない。それ、基本」

「立派とまで言われたんだから」と波子さん。「あんた、ちゃんと勉強してよ。ここで学習支援をやるようになったら、そのときは先生をやってもらうから」

「いや、無理。おれ、数学とかダメ」

「微分積分を教えろっていうわけじゃないわよ」

「太郎くんがりんごを五個買って二個食って残りは何個? とかならいけるけど」

「それでもいいわよ」

「いいのかよ」

いいのかもしれない。子どもたちにとっては、誰かが自分に勉強を教えてくれた、教えてくれようとした、それこそが大事なのかもしれない。

横に立って話を聞いていた受付の女子に、波子さんが言う。

「ナギホちゃんはどう? 算数とかいける?」

「はい。数学じゃなく、算数レベルなら」

続いて配膳の男子に。

「スズヒコくんは？」

「僕も、太郎くんレベルなら」

「オッケー。二人とも、四年生になっても来て。何なら、卒業してからも来て。来られるときだけでいい。無理はしなくていいから」

「はい」とスズヒコくんが答える。

ナギホちゃんは、答える代わりに言う。

「あの、波子さん」

「ん？」

「さっきからずっと考えてたんですけど」

「何？」

「わたし、帰りにカイユウくんの家に寄って、お手紙を入れますよ」

「お手紙？」

「はい。次は十月二十四日の木曜日だから来てねっていう、お手紙」

「あぁ」

「フユマくんは来てくれたけど、カイユウくんは来なかったから」

「今日はたまたまかもしれないし。そこまではしなくていいと思うけど」

「でも。したいです」

「どうして？」

「こないだは波子さんまかせで、わたしは何もできなかったから。正直、しようともしなかったし。わたしがもっと早く声をかけるとかしてカイユウくんを抑えてたら、ああはならなかったのかなって」

「そんなことないわよ。ああなるなんて誰も予想できない。大人に予想をさせないのが子ども」

波子さんたちが言っているのは、子どもたちのいざこざのことかもしれない。前回、ここでそんなことがあった。相席していた男の子同士が少しもめたのだ。

「こんなこと言っちゃいけないんですけど」とナギホちゃん。

「何？」と波子さん。

「わたし、正直、ちょっと甘く考えてました」

「何を？」

「えーと、子ども食堂のことをというか、ボランティアのことを」

「あぁ。そう、なの？」

「はい。手を抜いてたつもりはないんですけど、全力でやってもいなかったというか」

「だとしても、充分たすかってるわよ」

「でも全力でやれば、もうちょっとたすけられるんだと思います。だから。ダメですか？　お手紙」

「ダメじゃない。そういうことなら、ぜひ」

「そのお手紙も、わたしが書いちゃっていいですか？」

「もちろん。そうして。外の看板みたいに、楽しく書いてあげて」

「じゃあ、さっそく書きます」

「お願い」

ナギホちゃんはカウンターの受付のところへ行き、手紙書きにかかる。

波子さんがスズヒコくんに言う。

「九時近くになっちゃうだろうから、一緒に行ってくれる？」

「はい」とスズヒコくん。「そのあと、木戸さんを駅まで送ります」

「ありがとう」

そして波子さんは壁の時計を見る。

八時まであと五分。

「さて。今日はもう終わりね。片づけの準備をしましょうか」波子さんはカウンターのほうを見て言う。「久恵さんと多衣さんもそろそろ」

だがそこで口を閉じる。久恵さんが電話をしていたからだ。

「あら、ごめんなさい」と波子さんは言い、二人掛けのテーブル席に座っている男の子に向けてこう続ける。「ケンショウくんは心配しないで。まだいていいから。もう少しお兄ちゃんを待ちましょう」

ケンショウくん。僕よりも前に来ていた子だ。千弥や千亜ちゃんより小さい。洩《も》れ聞こえてくる話から、そのケンショウくんという名前と小学一年生だということがわかった。波子さんにすすめられ、ついさっき、二つめのバナナのケーキを食べていた。何か事情があるのかもしれない。

そこで通話を終えた久恵さんが波子さんに言う。

「すいません。ウチの人から電話が来ちゃって」

ウチの人。三十分ほど前にここに来たダンナさんだろう。

「どうしたの?」と波子さん。

「さっきのあれがこたえたのか、家に帰ったらさっそく洗いものをしたみたいで」

「あらあら」

「お皿は拭いちゃっていいのかとか、新しいスポンジはあるのかとか、このクレンザーっていうのは何なんだとか、いろいろ訊いてきて。あとにしてって言って、切っちゃったけど。もう。何なのかしら」

「動いてくれるんだから、いいダンナさんじゃないですか」

「松井さんへのアピールでしょ」

「わたしへの?」

「ちゃんとお皿を運びましたよ、洗いさえしましたよっていう」

「あぁ」そして波子さんは言う。「じゃあ、石上さんに伝えてください。アピール、届きましたよ、高評価ですよって。でもそれを続けましょうね、とも」

話を聞いているだけだが、思う。僕も、自分ができることぐらいはやればよかった。クレンザーとは何なのかと、理津に訊けばよかった。久恵さんのダンナさんがうらやましい。だって、訊けるのだから。取り返しは利くのだから。

「あ、そうだ。黒沼さん」と航大くんが言う。「さっき言ってたあれ、やんないですか?」

「何?」

「閉店のときにかけてた曲。何でしたっけ」

「あぁ。『レントより遅く』」

「置いてないですか? CDとか」

「あるよ、プレーヤーのわきに。自分で編集したCD‐R」

「プレーヤー、動きますよね?」

「だいじょうぶだと思う」

「じゃあ、かけましょうよ。ここも一応、名前にクロードが付いてるんだから」

「プレーヤーのわきに立ってるCDですか?」とスズヒコくん。「僕がかけますよ」

「そう? じゃあ、えーと、ラベルに数字の4て書いてあるやつ。その最後の曲ね」

「はい」

CDプレーヤーは、レジのわき、カウンターの外からでもなかからでも操作できる場所に置かれている。

すぐにスズヒコくんがそこに行き、実際に操作する。

ピアノの音が流れてくる。

「これこれ」と黒沼さんが言う。

静かな曲だ。クラシックピアノ。ピアノのみ。独奏曲。

静かだが、途中で少しだけ華やかに盛り上がる。そして、波が引くように、また静かになる。

「閉店の曲っぽいでしょ？」と黒沼さん。

「ぽいです」と航大くん。

「これからは毎回かけますよ」と波子さん。

僕はバナナのケーキの最後の一切れを食べ、お茶を飲む。

「で、どうですか？　宮本さん」

波子さんにそう訊かれ、こう答える。

「僕でいいなら、やらせてもらいます」

「よかった。うれしい。じゃあ、今日はこのあと片づけがあるので、えーと、明日、わたしの家にでも来ていただけますか？」

「だったら」と黒沼さんが言う。「またここをつかってくれていいよ」

「ほんとですか？」

「うん。おれも話を聞くからさ。一度ですんだほうがいいでしょ」

「たすかります。じゃあ、ここに午後三時、でいいですかね」

「三時。了解」と黒沼さん。

「午後三時ね」と僕。

岡田千亜ちゃんは岡田千弥ではなかった。それは残念。

だが僕は千弥や紀緒がいるこの町にずっと住む。六十八歳でも町の役に立てるのなら、それはうれしい。町の子は町の人みんなの子。千弥でなくてもいい。千亜ちゃんのためになるのなら、それだけで充分うれしい。

ピアノ曲が終わる。終わりもやはり静かだ。

「ごちそうさま」と立ち上がる。

こんな言葉を人に言うのは久しぶりだな。

そう思いながら僕は言う。

「また明日」

午後八時

初めまして

松井波子

宮本さんが出ていくと、それから一分もしないうちにまたドアが開き、男の子が駆けこんでくる。高校生ぐらいの子だ。

「すいません。遅くなりました」

かなり息を切らしている。

わたしは寄っていき、言う。

「えーと、どうしたの？」

「ほんとはもっと早く来るつもりだったんですけど、長引いちゃって。ぼく、水野です」

「賢翔くんのお兄ちゃん？」

「はい」水野くんはテーブル席の賢翔くんに声をかける。「ごめん、賢翔。待たせたね」

「いいよ。ケーキ、二個食べたし」

「そっか」そして水野くんはまたわたしに言う。「ほんとにすいません。もう、閉店ですよね」

「だいじょうぶ。今終わったとこだから」

「最初にここまで賢翔を連れてこようと思ったんですけど、電車の時間がちょっとあぶなくて」

「予備校か何か？　ってことはないか。迎えに来るつもりでいたなら」

「学校です。文化祭の実行委員をやってて。用はすぐすむはずだったんですけど、いろいろ問題が出てきちゃって」

「あぁ。そういうこと」

「実行委員は生徒会と兼ねてるんで、そっちのほうでもあれこれあって」

「生徒会の役員さんなの？」

「はい。こないだの選挙で立候補させられて、何か受かっちゃって。一年生だから、会長じゃなくて書記ですけど」

「立候補、させられたの？」

「させられたというか、周りに推薦されたというか」

「推薦なのに、立候補？」

「そんなもんだよ」とそこで航大が言う。「誰も立候補なんかしない。だから立候補者として誰かを推薦すんの。結局は先生主導だし、断れないよ。でもすげえ。おれなんか、絶対に推薦されない自信があるよ」

「何よ、その自信。されなさいよ、推薦。されるようにがんばんなさいよ」

「いやだよ」

そのシンプルないやだよに、皆が笑う。

わたしは水野くんに言う。

「でもよかった、来てくれて。これからも、賢翔くんは来てくれるのよね？」

「はい。できればお願いしたいです。ウチ、父親も母親も働いてるんですけど、何ていうか、昔からの借金があってキツいみたいで。だからほんとはぼくもバイトしたいんですけど」

「だったら、水野くん自身も来て。高校生も無料だから」

「ありがとうございます。来られたら、来ます」

「じゃあ、連絡先を書いてくれる？　名前と電話番号と住所」

「はい」

ボールペンを渡し、カウンターで書いてもらう。

凪穂ちゃんが賢翔くんに書いてもらった水野賢翔。

その隣に。

水野英信。

それを見て、尋ねる。

「ヒデノブくん、でいいの？」

「いえ、エイシンです」

「え？」

「音読みです」

「エイシンくんなの？」

「はい」と英信くんは不思議そうな顔で言う。

「引っ越して、きたのよね？」

「そうです。まだ来たばっかりです。前はじいちゃんの家に住んでたんですけど、やっと出ることになって、昔住んでたこっちに。ここなら、ぼくも転校はしなくていいんで。賢翔には、転校させちゃいましたけど」

「昔住んでたの？　この辺りに」

「はい。すぐ近くですよ。えーと、ハイツ福住。小三の途中までいたのかな。だからここも知ってました。子ども食堂になったって聞いて、だったら利用させてもらおうかと」

「お母さんていうのは？」と言ってから、あわててこう続ける。「ごめんなさいね、立ち入ったこと訊いちゃって」

「いえ。父親の再婚相手です。賢翔の母親で、ぼくと血のつながりはないです」

「あぁ」と言うだけ。その先、言葉は出ない。

体に震えが来る。鼻の奥なのか目の奥なのか、とにかく奥のほうにツンともくる。

エイシンくん。英信くん。育っていた。生徒会選挙の立候補者に推薦されるほどまでにきちんと、育っていた。

まさか会えるなんて。

声が震えそうになるのを抑え、わたしは言う。

「初めまして。クロード子ども食堂の松井波子です」

〈参考文献〉

『地域で愛される子ども食堂 つくり方・続け方』飯沼直樹著 翔泳社
『子ども食堂をつくろう! 人がつながる地域の居場所づくり』
ＮＰＯ法人豊島子どもＷＡＫＵＷＡＫＵネットワーク編著 明石書店

この物語はフィクションです。
登場人物、団体等は実在のものとは一切関係ありません。

本書は書き下ろしです。

小野寺史宜
Onodera Fuminori

1968年千葉県生まれ。2006年「裏へ走り蹴り込め」で第86回オール讀物新人賞を受賞してデビュー。2008年『ROCKER』で第3回ポプラ社小説大賞優秀賞を受賞。2019年、『ひと』が本屋大賞第二位に選ばれ、ベストセラーに。著書に「みつばの郵便屋さん」シリーズ、『食っちゃ寝て書いて』『タクジョ！』『今夜』『天使と悪魔のシネマ』『片見里荒川コネクション』『その愛の程度』『近いはずの人』『それ自体が奇跡』『縁』など。

とにもかくにもごはん

二〇二一年八月 十 日 第一刷発行
二〇二二年三月二十三日 第四刷発行

著者 小野寺史宜《おのでらふみのり》
発行者 鈴木章一
発行所 株式会社講談社
東京都文京区音羽二-一二-二一 〒一一二-八〇〇一
電話 出版 〇三-五三九五-三五〇五
販売 〇三-五三九五-五八一七
業務 〇三-五三九五-三六一五

本文データ制作 講談社デジタル製作
印刷所 豊国印刷株式会社
製本所 株式会社国宝社

定価はカバーに表示してあります。

落丁本・乱丁本は購入書店名を明記のうえ、小社業務宛にお送りください。送料小社負担にてお取り替えいたします。

なお、この本についてのお問い合わせは、文芸第二出版部宛にお願いいたします。

N.D.C.913 286p 19cm ISBN 978-4-06-523714-4

KODANSHA